年百部
篇正典

孟繁华　主编

长江为何如此远
林白

断桥记
晓航

不二
余一鸣

北方联合出版传媒（集团）股份有限公司
春风文艺出版社
·沈阳·

图书在版编目（CIP）数据

断桥记/晓航著. 长江为何如此远/林白著. 不二/
余一鸣著. —沈阳：春风文艺出版社，2018.7
（2022.1重印）
　（百年百部中篇正典/孟繁华主编）
　ISBN 978 - 7 - 5313 - 5458 - 1

　Ⅰ. ①断… ②长… ③不… Ⅱ. ①晓… ②林… ③余
… Ⅲ. ①中篇小说 — 小说集 — 中国 — 当代 Ⅳ.
①I247.5

中国版本图书馆CIP数据核字（2018）第086516号

北方联合出版传媒（集团）股份有限公司
春风文艺出版社出版发行
http://www.chunfengwenyi.com
沈阳市和平区十一纬路25号　邮编：110003
北京一鑫印务有限责任公司印刷

选题策划：单瑛琪	责任编辑：韩　喆
封面设计：琥珀视觉	责任校对：于文慧
印制统筹：刘　成	幅面尺寸：145mm × 210mm
字　　数：146千字	印　张：6
版　　次：2018年7月第1版	印　次：2022年1月第4次
书　　号：ISBN 978-7-5313-5458-1	
定　　价：30.00元	

百年中国文学的高端成就

——《百年百部中篇正典》序

孟繁华

从文体方面考察，百年来文学的高端成就是中篇小说。一方面这与百年文学传统有关。新文学的发轫，无论是1890年陈季同用法文创作的《黄衫客传奇》的发表，还是鲁迅1921年发表的《阿Q正传》，都是中篇小说，这是百年白话文学的一个传统。另一方面，进入新时期，在大型刊物推动下的中篇小说一直保持在一个相当高的水平上。因此，中篇小说是百年来中国文学最重要的文体。中篇小说创作积累了极为丰富的经验，它的容量和传达的社会与文学信息，使它具有极大的可读性；当社会转型、消费文化兴起之后，大型文学期刊顽强的文学坚持，使中篇小说生产与流播受到的冲击降低到最低限度。文体自身的优势和载体的相对稳定，以及作者、读者群体的相对稳定，都决定了中篇小说在消费主义时代能够获得绝处逢生的机缘。这也让中篇小说能够不追时尚、不赶风潮，以"守成"的文化姿态坚守最后的文学性成为可能。在这个意义上，中篇小说很像是一个当代文学的"活化石"。在这个前提下，中篇小说一直没有改变它文学性的基本性质。因此，百年来，中篇小说成为各种文学文体的中坚力量并塑造了自己纯粹的文学品质。中篇小说因此构成百年文学的奇特景观，使文学即便在惊慌失措的"文化乱世"中也取得了令人瞩目的艺术成就，这在百年中国的文化语境中不能不说是一个奇迹。作家在诚实地寻找文学性的同时，也没有影响他们对现实事务介入的诚恳和热情。无论如何，百年中篇小说代表了百年中国文学的高端水平，它所表达的不同阶段的理想、追求、焦虑、矛盾、彷徨和不确定性，都密切地联系着百年中国的社会生活和心理经验。于是，一个文体就这样和百年中国建立了如影随形的镜像关系。它的全部经验已经成为我们最重要的文学财富。

编选百年中篇小说选本，是我多年的一个愿望。我曾为此做了多年准备。这个选本2012年已经编好，其间辗转多家出版社，有的甚至申报了国家重点出版基金，但都未能实现。现在，春风文艺出版社接受并付诸出版，我的兴奋和感动可想而知。我要感谢单瑛琪社长和责任编辑姚宏越先生，与他们的合作是如此顺利和愉快。

入选的作品，在我看来无疑是百年中国最优秀的中篇小说。但"诗无达诂"，文学史家或选家一定有不同看法，这是非常正常的。感谢入选作家为中国文学付出的努力和带来的光荣。需要说明的是，由于版权和其他原因，部分重要或著名的中篇小说没有进入这个选本，这是非常遗憾的。可以弥补和自慰的是，这些作品在其他选本或该作家的文集中都可以读到。在做出说明的同时，我也理应向读者表达我的歉意。编选方面的各种问题和不足，也诚恳地希望听到批评指正。

是为序。

2017年10月20日于北京

目　录

断 桥 记

晓 航

龙秋泉作为落玉川的创始者在小镇的历史中应该是个不朽的偶像。

似乎没有人特别清楚他的来历，大致的传说是他在北方的金矿中艰苦卓绝地赚到了一大笔钱，可某一天，他忽然决定放弃他的生意，然后去南方。他让自己成了半生的旅人，他一直走，一直漂泊，直到有一次他在一条溪水旁喝完水，抬起头，看到烟柳之外十几户白墙黑瓦的人家，那种平安宁静的普通生活猛地让他有一种怦然心动的感觉。于是，他下决心停住脚步，住下来，他花钱买下了一大片土地，然后开始孜孜不倦地拓展。

渐渐地，有人移居过来。他们租种龙秋泉的土地，租住他盖的房子，小镇慢慢扩大。龙秋泉见此情景又买了更多的土地，盖了更多的房子，终于有一天，当他坐着木船穿过蜿蜒清澈的溪水，登上一座小石桥时，他发现自己已经创造了一个人烟稠密的标准的江南小镇。这个小镇封闭而富足，它远离俗世，人们生活得幸福安详。后来当人们问到他，这个小镇应该叫什么名字时，龙秋泉一下想起了自己当年手捧清水时的情景，于是他脱口而出，说：我看就叫它落玉川吧。

落玉川就这样诞生了。在很长时间里它就如同它的名字一样，在世间清澈而无争地存在着。不过这个世间的安静祥和并非永恒，后来落玉川遇到了它历史上的第二件大事，那就是它经历了一次时间相当漫长的地裂。没人知道地裂是何时开始的，最初只是小镇之前的那一潭清水不见了，后来裂缝慢慢扩大，它漫过房屋、小桥，如同一只缓慢而清晰的时间之手，割裂了土地，蚕食了人们的脚步。三年之后，小镇最终被一分为二，中间是一条深刻而相当广阔的峡谷，它使落玉川的人们感觉就像住在空中一样，难以置信。

这真是一个不祥的预兆，就在小镇的人们人心惶惶，对于各种各样充满忧虑的传说议论纷纷时，龙秋泉做了另一件事。他倾其所有，花巨资建造了一座坚固的桥连接起小镇分裂的两个部分，龙秋泉作为小镇的保护者，为了表明与落玉川共存的决心，决定住在石桥上那座宏伟的木制城堡之中。这一行动使所有人都大舒了一口气，有一种重获新生的感觉。后来，地裂果然停止了，人们先是观望，然后是等待，最终放弃了逃离的愿望，当他们重新开始平静地生活，重新享受起缓慢的时光时，他们单纯地想：只要龙先生在，一切就会好的。

历史就这样复原，接着又无声无息地前进了很久，直到有一天，龙秋泉向人们宣布了他对落玉川最后的一个贡献，他决定把房屋全都无偿地分配给那些追随他已久的人们。得知这个消息后，人们愣了，瞬间不知所措，然后抱在一起激动地哭泣起来。

龙秋泉站在桥中央看着桥两端那些沉浸在巨大幸福中的人们,眼圈也湿润了,他平静了一会儿,意味深长地向人们告白,他说:将来,你们必然会有不同的人生,你们当然可以做出自己的选择。但是无论你们如何选择,请答应我一个请求,请照顾我的女儿,保守她的秘密,让她按照自己的意愿生活下去。

哭泣的人们听到这里,心中同时涌起了一种难以言表的悲伤,他们一起大声喊道:龙先生,我们记住了,您就放心吧——那声音响彻云天,它使得峡谷产生了巨大的共鸣。龙秋泉抬头看看天,看看地,心中深感宁静清远,生之欢喜与怆痛瞬时远去,于是他笑了。

一个月后,龙秋泉撒手人寰,离开了这个他终生眷恋的美丽小镇。

在南亚次大陆的一个偏僻的村庄,落叶满布林中,人们正在温情脉脉地告别。这是一个帐篷式酒店的闭店仪式,所有的设施和家具都已运走,酒店消失,村落恢复了原有风貌,只剩下高管人员与当地的村民——也就是酒店服务员,在进行分手前的最后聚会。

风行集团是一个世界著名的酒店集团,在这个岩石高耸而封闭的山村里,风行集团已经进行了长达十几年的经营。他们每年旱季前到来,然后设计搭盖帐篷客房,接着就开始营业,迎接客人。在这个酒店,风行集团提倡的是一种慢生活,这里没有汽车只有马车,这里无法使用手机和电脑,只有简单的自然风光。而这里的服务员都是当地村民,他们纯真质朴的眼神与细致周到的服务,使那些来自喧嚣世界的人们备感安静。风行集团在山村之中只经营一个季节,到了雨季,待第一场雨落下之后,他们会迅速撤离，把时间重新交给自然。

由于风行集团独特的追求，它因此就拥有了一种提供给人们不同生活方式的能力。很多年来它不断受到追捧，人们把对它的新型酒店的追求变成了一种对新生活的企盼，人们都充满好奇地猜想着：风行集团的下一个酒店地点在哪里，下一种"另类"的生活方式又是什么样的呢？

布置完酒店善后事宜，丰绮妍离开山村，她在当地休息了几天，然后根据公司指令飞向指定城市。下了飞机，丰绮妍如约前往见面地点。那是一个美术馆，这个美术馆因为建筑形态奇特而闻名遐迩。丰绮妍提前到达一段时间，她好整以暇地观看了里面的几个画展，然后来到了二楼的咖啡厅。咖啡厅很空旷，布置得如同另一个展厅，只不过画作略小一点，又多了几缕咖啡香气。在咖啡厅一角，一个巨大的玻璃鱼缸前，丰绮妍在约定时间看到了自己的老板，风行集团总裁林志峰。

林志峰头发花白，他身材高挑瘦削，外面穿了一件灰色的风衣，里面是笔挺的西装。他正十分认真地盯着鱼缸，丰绮妍走过去，和他一起并排站着，仔细看着鱼缸里唯一一条金鱼。

那条金鱼通体漆黑，黑得几乎光亮照人，它的眼睛巨大而隆起，尾鳍宽阔且薄如纸扇，长度几乎是身体的两倍。当它把尾鳍展开游动时，那鱼就如同一只水中墨色的蝴蝶，上下舞动，煞是好看。

"这条金鱼真美，真的很特别。"丰绮妍看了一会儿忍不住赞叹一声。

"是啊——"林志峰叹了一口气说，"这是我太太曾经喜欢过的一种金鱼。我终于看到了。"

"它叫什么名字，老板？"丰绮妍问。

"它叫黑蝶尾龙睛，是一个非常名贵稀有的金鱼品种。"林志峰回答道。

丰绮妍轻轻点点头，又看了好一会儿，林志峰这才转过头来问丰绮妍："都完事了？"

"是的，老板，一切恢复原状，自然景观丝毫无损。"丰绮妍回答道。

林志峰听了满意地笑笑说："不错，你做得相当不错，不光是我们的客人，就连集团内部都对你赞赏有加。大家不仅认为你经营管理有方，还对你的酒店设计以及对于环境的保护十分认可。"

"谢谢老板，我只是在一直努力罢了，但是离一个好字还差得很远。"丰绮妍谨慎地笑笑。

林志峰再次把目光投向鱼缸，这时那条黑蝶尾龙睛又游到他们面前并且静止下来。它打开尾鳍，如同孔雀一般，尽情绽放着那种异乎寻常的黑色。

林志峰全神贯注地看着，然后转过头又对丰绮妍说："我想我该退休了。"

丰绮妍听了想想说："老板，您可是我们集团里顶级的设计师，您还远远未到退休的时候。"

"嘿嘿，高帽子就不用戴了。说起退休，我当然也很遗憾，但是我确实累了，年龄不饶人，我得承认事实。所以我想，我们之间的设计比赛也该结束了。"林志峰说这话时无奈与不舍之情溢于言表。

丰绮妍没再说什么，林志峰接着说："退休之后，我打算专心致志地寻找金鱼。我必须找齐我太太向往的那九种金鱼。如果找不齐，我就自己培养它，这可能是我在这个世界上最后的目标吧。"

丰绮妍听到这儿，心中颇感难过，老板的伤感她能理解。她知道老板的太太在七八年前死于车祸，从那时开始老板的精神就大不如前，很多时候他都有些心不在焉，而且总在不经意中流露出某种无以挽回的颓丧。

"不过，在我退休之前，我们还应该有最后一次比赛。"这时林志峰又说，"我手上还有两个项目，一个是去北欧建一个纯冰酒店，另一个是在当年的落玉川，也就是现在的丝碧川与静碧川之间造一座新桥，那座桥会是一座出人意料的酒店，你想选择哪一个？"

丰绮妍听完迅速地想了一下，然后肯定地说："纯冰酒店的项目在公司里早就耳熟能详，很多设计师觊觎了很久，如果我能做它，也算是对我的一种肯定，因此我选择去北欧。"

林志峰听了笑笑说："你为什么不选择去落玉川？"

丰绮妍回答说："有关落玉川的事情，我还是头一次听您说，恕我直言，那里的情况十分特殊，我想，在那里建一座新桥不会是一件一蹴而就的事情。"

告别了林志峰，丰绮妍直接飞向北欧。

风行集团的特殊之处就在于，他们的许多高管既是出色的行政管理人员又是顶级的酒店设计师，老板林志峰与高管丰绮妍的设计比赛成就了集团内部的一段佳话。林志峰年轻时专攻建筑设计，后来跨界进入了酒店业，若干年后他不仅在经营上另辟蹊径，而且把酒店的选择与设计也提到了一个传奇高度。丰绮妍是后起之秀，她的独到之处是她的简约风格不仅让公司减少了大量的酒店建设费用，还创新了多种依据自然的环保经营模式，比如对一个海岛、一个山村的整体设计与应用。风行集团为了对所有设计师有所激励，刻意让两个人进行了长期的设计比赛，这一老一少的良性竞争不仅使得集团内部创新不断，而且成为酒店多少年来一直吸引客户的一则不可多得的广告。

在机场转机停留时，丰绮妍打开了电脑。她准时收到了一个新邮件，邮件是一个与她相熟的公司管理人员发来的，在资料中，他证实，落玉川项目的建立远在十年之前。根据资料记载，林志峰曾经秘密派考察队进入了丝碧川与静碧川下面的大峡谷，那个考察队在谷底整整走了两天，峡谷之中植被茂盛，清泉不断，两天后考察队走出峡谷，发现外面竟然是江南平原。

丰绮妍看到这儿，产生了兴趣，她敏锐地想，未来，如果经过认真开发，以湖区处为入口，丝碧川与静碧川之下完全可以做成一个保有自然生态的大峡谷公园。后面的资料证实了她的判断，林志峰也是这种想法，他甚至还想到，等未来把各种商业设施完善后，待峡谷旅游一搞起来，完全可以把整个风景区包装上市。

"看来老板真是抱负远大，深藏不露，还好我没有造次。"丰绮妍看到这儿又想。

丰绮妍如期到达北欧，然后立刻开始工作。但是事情并不特别顺利，她到了之后才发现，当地温度没有如同以往持续下降。她查了气象资料，知道今年的天气比往年暖和很多，后来听一个当地气象专家解释，这也许是因为全球变暖的缘故，因此，她只好推迟了计划。

　　直到十一月中旬，酒店才迟迟动工。丰绮妍大概用了六周时间，一共两万吨雪和一千吨冰块，酒店才算粗具规模。酒店建在一个森林公园内，从远处看去，在茫茫林海包围之中，一艘白色的冰雪海盗船屹立其中，那种巨大的夸张的形象就如同把一个行进中的童话世界突然冻住了一样。很快，预订单纷至沓来，一周之后丰绮妍终于接待了酒店的第一批客人。

　　开业Party定在了酒店的冰酒吧里，这个酒吧当然跟一般酒吧不一样，一切都是冰的，桌椅，板凳，连酒杯、酒瓶都是冰的，只有绚烂动感的灯光和音乐才带有某种可以触摸的热量。那天晚上客人们蜂拥而入，各种肤色的人马上把这里变成了一个热闹汹涌的旋涡。丰绮妍穿着厚厚的棉服，拿着一杯伏特加得意地站在人群之后，这时一个同样穿着棉服的人走过来，他走到她面前，摘下帽子，冲她一笑。

　　"老板？"丰绮妍惊奇地叫了起来，"您怎么来了？"

　　林志峰冲她笑笑说："首先，我特别想来看看你的杰作，其次，我是来认输的。"

　　"您可从来没有这么轻易认输过，况且您还没有开始呢，怎么就认输了？"丰绮妍更惊奇地问。

　　"我必须认输。"林志峰笑着说，"我现在什么也干不下去，满脑子是金鱼，我想明白了，从明天开始我必须面对现实。"

　　"怎么面对？"丰绮妍问。

　　"我想把落玉川的事情交给你。"林志峰说。

　　丰绮妍听到这儿有些发愣，她并没有思想准备，于是她想想说："老板，我十分感激您的信任。可是据我所知，落玉川的事情很难办，我从小生活在那里，我确知那几乎是一个永远无法触动的世界，实话说，它根本无法开发。"

林志峰听到这儿点点头说："小丰，我理解你的想法，不过，先让我把这件事的原委向你从头道来。"

于是，林志峰向丰绮妍讲起了来龙去脉，他说，很多年前，他的岳父齐为一与落玉川的所有者龙秋泉是鱼友，他们都特别喜欢金鱼。他们曾共同资助另一个鱼友，年轻的地质学家范之同在落玉川地区寻找传说中的恐龙化石。范之同虽然努力工作，但是毫无结果，不过，后来范之同告诉资助者们一个令他们意外的预测，那就是，他判断落玉川地区也许要断裂，可是另外两个人并不相信。

后来，不知什么原因龙秋泉需要一大笔钱，他多方筹措仍力不能及，最后他想出了一个主意，就是把落玉川的所有土地都卖给齐为一。他当时劝说齐为一买下落玉川的一个理由是，如果落玉川真的断裂了，那齐为一就会拥有一个无与伦比的峡谷，这一定会使他拥有无尽的财富。齐为一最终因为这个类似天方夜谭的理由也为了照顾朋友的面子买下了落玉川，他还慷慨地在买卖契约中加了一个附加条款，那个条款说，他只有在契约签订的二十年后才能真正拥有落玉川，这期间龙秋泉可以在任意时间内购回。令人没想到的是，后来落玉川果然如范之同预测的那样断裂了，听到这个消息时，齐为一大为吃惊，半天之后他才说了一句话，这真是上帝赠予的一条裂缝。龙秋泉当然没能买回落玉川，他在落玉川断裂之后不久，绝世而去，而齐为一也没能活到彻底拥有落玉川的时代，它只是默默地成了他的遗产。

就在丰绮妍与林志峰谈话之中，两人已经走出了酒店，屋外，天气更冷，空气更清新。天空中有一束飘动的极光，它像一条彩带一般横跨天际，不断变幻色彩，上下飞舞跃动。

"看来，公司盛传的那张契约真的存在。"看着美丽的天象，丰绮妍不禁说。

"是的，它真的存在，风行集团具有落玉川的所有权。"林志峰说。

"老板，看来您为这件事殚精竭虑很久了，不知您现在做到哪一步了。"丰绮妍问。

"我确实已经下了很多功夫。"林志峰说，"其实，契约早就到期了，只是我一直没有做好准备。两年前，我琢磨自己退休前最应该完成什么事情时，我最终确定是它。这毕竟是我岳父和太太一直憧憬的一件事，前一阵我已经派人去找了落玉川现在的名义所有者，龙秋泉的女儿龙姗姗。可是当我们的人给她看了契约之后，龙姗姗根本不相信，我又派人找到当地的法院，让法院的人按照法律送达合同，并且监督龙姗姗执行。可法院的人直截了当地告诉我，这个合同无法执行，他们不可能派人对付龙姗姗，因为如果那样，他们将会对付一个完整的世界。那个叫作落玉川的世界宁静而安稳，那里的居民没有执行契约的习惯，但是他们会坚决捍卫他们的传统，而龙姗姗恰恰就是那个传统的代表。后来法院的人看在钱的面子上想了个折中的办法，他们说：只要风行集团有办法让龙姗姗自愿离开那座桥，他们就可以帮助执行合同。"

丰绮妍听到这儿忍不住哼了一声，她说："这话说得根本不合逻辑，是否离开桥与龙姗姗是否承认合同毫无联系，只要她不承认，还不是无法执行？况且龙姗姗永远不会离开那座旧桥城堡的，她只属于那里。"

"是的，其实法院摆明了是不想插手此事，才会给我们出这个难题。"林志峰说，"不过，我后来也想明白了，要想开发静碧川和丝碧川，我们早晚得打破那封闭的世界，可是要想打破那个世界就必须首先挑战龙姗姗，她和那个世界纠缠板结，就是那个世界的典型象征。所以，我决定去做法院建议的那件事，无论如何得想办法让龙姗姗离开旧桥，我们必须先摧毁这个旧时代的符号，说不定到了那时，这个世界会就此觉醒，我们契约上的麻烦也许会迎刃而解。"

"不错，老板您的眼光真是长远，一点不局限于细节。"丰绮妍说，"不过在我看来，这个项目完全不是一个建筑设计方面的问题，它是一个浩大的社会工程。"

"是的。"林志峰回答道，"正是如此，其实最伟大的设计师，就应该面对这样的挑战，他的最终设计产品应该能影响或者改变世界的某个部分，包括思想。"

"这太难了。"丰绮妍摇摇头说。

"但是你有这个能力，我一直非常看好你，你不仅优秀而专业，而且从小生活在那里，听说你还差点进入旧桥成为龙姗姗的学生。"林志峰说。

丰绮妍一笑，她说："老板你了解得真细，你培养我那么多年，不会是为了这一天吧?"

林志峰在夜色中得意地一笑说："这个世界从来不是计划可以得来的，但是你又不能毫无计划。"

此时，林志峰与丰绮妍已经离开酒店很远，他们吱吱地踩在厚厚的积雪与松针上，丰绮妍再次仰望被极光所激荡的夜空，表面上她不动声色，似乎被那种纯净而灿烂的景象再次吸引了，可是她的心里还是忍不住感叹了一声，她想，人类处心积虑的算计与人类的文明真是互为因果。

很遗憾，落玉川在分裂之后并没有像龙秋泉希望的那样再次连接为一个整体。虽然龙秋泉倾其全力建了一座横跨南北的桥，但桥两边的人们还是在龙秋泉离世之后就很快分道扬镳。

也说不上什么原因，反正桥两边的人就是越来越不相同。桥的一边也许喜欢春天，桥的另一边就喜欢秋天；桥的一边擅于耕种，桥的另一边却商业发达；桥的一边愿意在落日余晖中吃晚饭，而桥的另一边则会在很晚的时候还在丝竹萧瑟之中徜徉。慢慢地，桥两边的人开始互相抱怨，然后就起了纷争，纷争之后有人出来调停，于是大家又和好如初。但是，不久又有一个偶然事件出现再次打破静如止水的生活，于是人们再次陷入互相指责的过程。隔阂就这样越来越大，鸡毛蒜皮的而不是致命的纠纷慢慢成为桥两边人们生活中非常重要的一件事，对面的人可以是被指责的对象，可以是被嘲笑的对象，也同样可以成为被嫉妒、被暗中羡慕的对象。他们彼此并没有气愤到相互诅咒的地步，但他们却同时希望比对方过得更好。不过人们又都知道，这不那么容易，有时近乎一种想象。因为桥两边的人具有相同的文化与历史，他们命中注定要生活在一起，离开了对方也许他们会感到一时的欢愉，但是他们最终会发现，如果没有了对方，他们将彻底失去一种生活的标尺，他们因此什么也不是，这太要命了。

落玉川就这样成了两个小镇，一个叫丝碧川，一个叫静碧川。

不过，在外人的眼里，原来的落玉川依旧是同一个单质世界。用落玉川之外一个落魄地质学家的话讲，那是一种共同的价值观使然，在那个世界中人们虽然彼此争斗，但是他们却拥有一种一以贯之的传统，并且随时准备捍卫它。

这话说得相当准确。丝碧川与静碧川的人们几乎没人知道价值观这个词，但是他们却知道什么是他们必须要永远忠诚，永远守护的。首先当然是龙秋泉。在人们的心目中他是一个伟大的创造者，他不仅创造了落玉川的所有物质财富，也不言而喻地创造了一种精神传统或者说生活方式——那种宁静的，封闭的，趋向内心的生活方式。

他在世之时，是一个谆谆君子，他谦逊爱人沉稳坚毅，每天都在踱步、思考与古琴声中交替生活。人们记得，他最后一次抚琴是在久病之后，那一天他一袭白衣坐在桥的中央，桥栏之上依旧放了一个香炉，他点燃三炷香，待香将燃尽，他挥动手指，倾尽全身之力抚了一曲自创的《落玉忘机》。

人们就是在那一天第一次见到了龙姗姗的眼泪。那一天，同样一袭白衣的龙小姐就站在她父亲的旁边，她还是那样不动声色，或者说面无表情，只是当龙秋泉弹到一半时，人们发现她失神远望，而当一曲终了，周围的仆人走上来扶住即将昏厥过去的龙秋泉时，她离开众人慢慢走到桥栏边，轻轻捧起那只三脚紫铜香炉，深深地望了一眼面前的落玉川，然后一滴清泪滑过洁白的面庞。

龙秋泉就这样走了，这之后，龙姗姗顺理成章成了丝碧川与静碧川的继任偶像。在人们的眼中，龙姗姗本身就是一个遗落在凡间的仙女，她与凡人决然不同，她永远那样年轻貌美，那种美不会在岁月中驳落，会永恒地照耀在落玉川的每一个角落；她永远那样沉默宁静，那种沉静超越历史与时间，完全可以使自然自惭形秽，并停止生长；她永远那么善良而又充满漠然，似乎从不食人间烟火，生活在一个人们不可想象的空间里。

每天，丝碧川与静碧川的人们都听得到她抚琴的声音，她一定会弹《落玉忘机》。那是一首龙秋泉根据宋人词意独创的古琴曲，龙秋泉在世时，不仅经常抚琴沉思，也总是于穿行之中不断低声吟唱。他每用心吟唱一次，人们接下来听到的琴声中就有了细微的变化。《落玉忘机》就这样不断被龙秋泉修改，不断吟唱，后来竟渐渐被小镇的人们熟悉，以至广为人知。

因此，当龙秋泉逝世后，《落玉忘机》自然而然成为一种象征，成为丝碧川与静碧川无限传唱与反复演奏的曲子。不过，因为创作者的远离，所以没有人真正知道《落玉忘机》完整的曲谱到底是什么。有人曾经冒昧而诚惶诚恐地去请教过龙姗姗，那一天，龙姗姗站在城堡二层的空中花园里，奇怪地望着桥下的来人，当她听完他结结巴巴的提问时，只是简单地说了一句："它当然是完整而不可更改的，它就在那里，它就是那个样子，这没什么可说的。"

龙姗姗的回答，使人们觉得神秘而又彷徨。由于没有准确答案，纷争再起，生活在落玉川的每个人在每个时间段都对《落玉忘机》有不同的理解，于是人与人之间，不同年龄之间，小镇与小镇之间在不同季节里展开了无休止的争论。

终于，在长时间没有结果的争论之后，人们为了表达对于真理的探求，决定定期把孩子送到旧桥的城堡中去向龙姗姗学习古琴。在人们眼中龙姗姗就是真理的化身，只有向她学习，才能使人们了解《落玉忘机》，了解古琴，了解他们精神传统中的一切。渐渐地，这就形成了一个习惯，每隔三年，丝碧川与静碧川都会把他们最优秀的孩子选出来，在春天进行比赛。比赛后获胜的孩子，马上会引起家长的欢呼，成为丝碧川或者静碧川的骄傲，这代表一种成功，一种更接近真理的象征。而失败的一方，则不会气馁，他们会很快振作起来，重新厉兵秣马，希望三年之后重振雄风。但是，在长期的竞争之中有一件事鲜为人知，那就是从来没有一个孩子能够真正完成学业，孩子们总是学到某一阶段就被龙姗姗认为是江郎才尽，不宜再学下去，而被送出城堡。

丰绮妍最终接受了林志峰的劝说，成为风行集团"落玉川"项目的总负责人。她向林志峰提出了一个很简单的条件，就是把公司最好的工作团队给她，林志峰随即答应。丰绮妍的接手确实是众望所归，很多人在第一时间向她表示了祝贺。特别是那个公司管理人员在祝贺之后，又向她说了一句意味深长的话，他说：齐大先生也希望由你来操办此事，因为这个项目毕竟是他父亲生前最大的愿望。

第二年春天，一切准备就绪，丰绮妍带领着人马浩浩荡荡出现在落玉川。阔别多年之后，她回来了，她又回到这个生她养她，曾令她魂牵梦萦的地方。越野车离开高速路开了很久，一行人才到达小镇。丰绮妍下了车，抬头瞭望。从远处望去，落玉川依然像多年前一样处在一片烟柳之中，人们徒步而行，穿过盛开的桃花，眼前的景象几乎令人叹为观止。那弘清澈的潭水早已不见踪影，人们的脚下是一道赫然而起的裂缝，它越向后就越深刻，随着裂缝的逐渐深入，一些嫩绿的青草甚至树木，都向裂缝之外顽强地伸展出来，不时还有鸟群从裂缝远处飞出，漫天盘桓之后又重新钻入地下。裂缝的左边是丝碧川，白墙黑瓦，裂缝的右边是静碧川，黑瓦白墙。人们抬头直望，那条坚固而历经风雨的旧桥，横跨峡谷两端，紧紧抓住大地，巍然矗立着。桥的中央是一个木石结构的老式城堡，它如同一个图腾屹立在整个桥的上面。

这熟悉的景象让丰绮妍浮想联翩，她从小就无数次想过，在城堡的最高端能看到什么呢？是不是能清晰地辨别出峡谷之中还有另外一个世界？那里除了飞鸟与树木还会有神仙吗？几乎所有落玉川的人都不知道答案，在这个世界中，只有龙姗姗知道，她有能力看到别人不知道的一切，只是她从未向别人描述过。

丰绮妍让公司的团队去静碧川一个预定好的饭店安营扎寨，自己则徒步走向丝碧川。她慢慢地走，一步一步坚实地踏在青石板上，穿过巷陌人家，穿过小桥流水，她觉得一切似乎都没有变，还是那种侬软乡音，还是那种安静的耕读渔樵般的生活，岁月似乎毫无分别，时间仅仅在重复另一段时间，人影只代表一个时代淡淡的吻痕而不代表人本身。

闲走了很久，丰绮妍终于停下脚步，她站在了一家小店前。店的门额上横着一块木牌，上写：丝碧川洗衣店。店门口的一张竹椅里，一个小女孩正在春天的阳光下酣睡。丰绮妍向店里望了望，小店干净明亮，柜台上摆了一枝洁白的百合，柜台里却空无一人，于是丰绮妍叫了一声，"有人吗？"

陈紫心闻言从里屋走了出来，她刚刚起床正在梳洗，她走出来时显得有些疲惫有些无精打采，凌乱的头发随便扎在脑后，只露出一张清秀而缺少血色的脸。

"客人，有什么事吗?"陈紫心问着，同时不经意地打量着面前这个一身显眼的时装、身材错落有致的女子。

"洗照片吗?"丰绮妍问。

"不，这里只洗衣服。"陈紫心摇摇头。

"难道现在已经没人洗照片了吗? 我这儿可有一张很多年前的老照片。"丰绮妍说。

"我们这里只洗衣服，多年前的也可以。"陈紫心耐心地回答道，然后她又端详了一下眼前的丰绮妍。

"觉得我眼熟吗?"丰绮妍这时笑笑问。

陈紫心又仔细看了看她，还是没有想起什么。

"想想看，当你还是少女的时候，是不是有个刻骨铭心的对手?"丰绮妍这时启发道。

陈紫心听到这儿一愣，这时丰绮妍拿出了一张照片递给她，那是一张老照片，陈紫心看了一会儿，然后会心地笑了起来，她说:"你是小丰? 丰绮妍?"

"没错，正是我，当年古琴比赛中那个运气不好的第二名。"丰绮妍说。

"按照大家当时的说法，你确实略逊一筹。"陈紫心笑笑说，"多年不见，听说你早已离开这里，怎么现在回来了?"

"是的，我回来了。"丰绮妍说。

"是回来长住，还是看看?"陈紫心搭着话。

"是回来做生意。"丰绮妍说。

陈紫心哦了一声，她并不真的关心，这时丰绮妍把目光转向竹椅上熟睡的小女孩，那个小女孩异常秀气，只是脸色有些苍白。

"这是我的女儿。"陈紫心介绍说，"她的爱好是天天睡觉，真没办法。"

丰绮妍听了点点头，心里说，工作小组的那帮精英果然厉害，他们收集的情报相当准确。

"我做的生意，也许会和你有关。"丰绮妍这时再次开启了话头。

"怎么会？你做你的生意，我过我的日子，咱们两不相干。"陈紫心淡淡地说，一副与世无争的样子。

"那还真不一定，这个世上有时就是无巧不成书。"丰绮妍说着意味深长地笑起来。

丰绮妍的工作小组是由各类精英组成的，团队中间有计算机、法律、商业、艺术、社会学、生物学多方面的专家，他们在到达落玉川之前收集了大量情报，并且制订了一个缜密的行动计划，这个计划相当巧妙，而计划的起点就是陈紫心。

根据情报，陈紫心曾经是龙姗姗最好的学生之一，但是由于某种不为人知的原因，她们最终决裂了，陈紫心后来离开了落玉川，可若干年后她带着一个女儿又黯然神伤地返回。

情报显示，陈紫心的女儿童童曾遭遇一场严重的车祸，车祸之后小女孩长期嗜睡，陈紫心带着女儿多年四处求医未果。

因为充足的准备，丰绮妍再次与陈紫心见面时显得胸有成竹。几天之后，她又来到洗衣店，她没有绕弯子，上来就和陈紫心谈起了生意，她当然没有说出生意的全部，只是直截了当地告诉陈紫心，她可以根治童童的病，只要陈紫心在未来答应她的某个条件。

陈紫心几乎没有讨价还价的余地。作为一个母亲是可以为孩子牺牲一切的，这是一个在这个世界上唯一比上帝更无私的职业，那么有什么不能答应的呢？所以陈紫心虽然感到这件事的突兀与奇怪，但是她没怎么犹豫就同意了，对于她来说，这不是什么谈判，它只代表了人生中某种必须接受的结果，这只需要她像接受命运一样毫无怨言，坦然面对。

与陈紫心谈好之后，丰绮妍把童童悄悄地带离了丝碧川。她把陈欣童带到最近的一个大城市进行了认真的检查，然后与医院仔细研究了治疗方案，完毕之后，她如实向陈紫心通报了检查结果。按照医生的观点，童童是在车祸之中脑部受了损伤，这导致了她长期嗜睡的毛病，在过去这是没什么办法的。不过现在，由于生物工程技术以及计算机技术的迅速发展，童童有了被拯救的希望。医生们可以在她的脑中植入一种特殊制作的生物芯片，其作用是代替脑中那些受损部分的功能，这样童童就可以复原了，变得与正常的孩子一模一样。

可是生物芯片技术陈紫心闻所未闻，不过丰绮妍举出了多个详细例证，并且告诉陈紫心这是唯一的选择。

"这种手术风险有多大？"陈紫心问。

"没有太多的风险，这已经是一个相当成熟的技术了。"丰绮妍说。

"可是我怎么从没听说过？"陈紫心怀疑地问。

"在落玉川那个封闭的世界里，你们听说过什么？"丰绮妍反问。

"这一定需要很多钱吧，我只有一个洗衣店，我付不出那么多钱。"陈紫心说。

"我们可以来支付。"丰绮妍又说。

"你们到底是谁?"陈紫心问。

"一个超级有钱的集团公司。"丰绮妍回答道。

"你们这么帮我,到底想干什么?"陈紫心问。

丰绮妍听了一笑,她顿了一下说:"好吧,我就直说吧,我们打算让童童去跟龙姗姗学琴。"

"学琴?"陈紫心不解地问。

"是的。"丰绮妍在电话那头说,然后她又问,"你说龙姗姗的誓言是真的吗?"

"什么誓言?"陈紫心反问。

"她不是说过,如果有人能全部学会她心中的曲子,她就会离开旧桥上的城堡。"丰绮妍说。

陈紫心想想说:"是的,这是真的,她曾发下过这个誓言。不过迄今为止,没有一个人可以学得全部,所以她永远不会离开城堡。"

"这个不用担心,我关心的是她会遵守她的誓言吗?"丰绮妍问。

陈紫心听了,非常肯定地说:"当然,龙小姐虽然古怪异常,但是她具有一切贵族应该具有的宝贵传统,她不屑于食言。"

很少有人见过这样坚定的桥,跨越一个巨大的地质裂缝,一种表示人类决心的凝重而极其悠长的石拱横亘于裂缝的两端。桥面根本不是光滑、一览无遗的,而是复杂、充满心事的,如同蕴含着秘密。桥的一开始是可以倚坐的桥栏与长凳,然后是一段雕梁画栋的长廊,接着空间忽而开阔,天光扑面而来,于是就看到一座悬空而起横跨在桥两边的木制城堡。据说,城堡的建立不曾用过一颗铁钉，完全靠凿榫衔接，各种木件斜穿直套，纵横交错，结构巧妙精确。城堡的屋顶用了当地的石瓦以避风雨，城堡的整体由塔、亭、屋多层连缀而成，凡是暴露在外的木质表面均涂有防腐桐油，几百年内亦可傲立于风雨。城堡有两条木梯从两个方向通向宽阔的桥面，两边的空白桥面恰好把由西向东的长廊分开，使城堡显得独立而高贵。这座极其古典的木石混合桥是龙秋泉当年精心设计的，桥头立有石碑，上书"落玉川"几个大字，这是他留给丝碧川与静碧川最重要的物质遗产之一，而他的女儿，人们心目中的公主龙姗姗就一直居住在这里。

公主当然住在空中，她是从来不会关心人间琐事的。只有她的仆人与管家每天静悄悄地进进出出，才让人觉得公主偶尔也会回眸眺望这个世界，而人们能真正仰望公主的机会三年一次，那就是两个小镇的古琴比赛之日。

今年正是大比之年，春分一过，丝碧川与静碧川的人们都莫名地兴奋起来。春雨悄然而至，桃花按时盛开，落玉川的桃花远近闻名，唯有它，从来都那样灿烂鲜艳，没有因为丝碧川和静碧川的分裂而改变，如同一个永葆青春的美人一直站在落玉川的历史中。

比赛那一天，丝碧川与静碧川的人们都起了大早，他们仔细梳洗完毕，吃完早饭，然后簇拥着一个小小男孩与一个小女孩来到城堡的近前耐心等待。朝阳渐渐升起，霞光四射之际，"吱呀"一声城堡的木门慢慢打开，龙姗姗缓步从宽大的木梯上走下来，她依然是那么美，依然是那么年轻，神情宁静，不苟言笑。只有她的头发才能透出些许秘密，它们一半是雪白，另一半乌黑。她还是如同她的父亲一样，穿着一袭白衣，她在人们的注视中来到一张雕花长桌前坐下，两个小孩恭敬地走到她面前深深鞠躬，然后回身走到对面的琴桌边坐下。桌上放了两张古琴，两个孩子凝神屏气注视着琴弦默默无语，神情肃穆如临大敌。

一个老管家拿着香炉过来，他在龙姗姗面前点燃了香，然后盖上了炉盖。龙姗姗深深吸了一口气，轻轻闭上眼。此时一阵晨风荡漾而来，些微凉意之中，片片桃花飞过，它们慢慢飞过人群，扑到龙姗姗面前打了个旋转然后又悠然而去。龙姗姗轻轻伸出手敏捷地捕捉到空中的一个花瓣，悄悄把它含入口中，此时她的舌尖由衷地感到一种春天的潮湿的味道。须臾，她闭着眼睛满意地笑了，然后轻轻说了一声：开始——

接下来的就是一场漫长的，事关两个小镇荣誉的较量。这是一种全方位的较量，比琴，比做派，比弹奏，比理解，比耐力。男孩子的琴为连珠式的近仿春雷琴，女孩子的琴是落霞式的近仿鼗雷琴。两个孩子举手投足之间皆有古人意趣。演奏开始，男孩承九嶷派之风，指法苍劲坚实，节奏铿然。女孩学梅庵派所传，琴音流畅如歌，绮丽缠绵。他们从最简单的《湘妃怨》《凤求凰》开始，接着提高难度弹到《玉楼春晓》《韦编三绝》。龙姗姗一直闭目静听不置可否，两个孩子接着抖擞精神，直接较量《楚歌》。此曲刚一出手，女孩子就觅得先机，弹至细微发人之处才情尽展，龙姗姗不禁微微点头，丝碧川的人们一见此景马上露出笑容，眉宇之中做庆幸之状。男孩子虽然小有挫折，却也并不气馁。他后来居上，托抹挑勾之中，一曲《梧叶舞秋风》下来，龙姗姗终于忍不住"咦"了一声。人们闻声，一下子屏住了气息，这可是龙姗姗听这么久才说的一句话。此时，龙姗姗终于睁开眼，她看了一眼那个男孩，然后慢慢地感叹一声道："有趣，小小年纪，技法上倒也难得了，只是古人曾有云，琴声尚美而不艳，哀而不伤，质而能文，辨而不乱，你的弹法虽努力求新求变，可于这一层却是失之毫厘，差之千里，这似乎有点舍本逐末了。"人们听完龙姗姗的点评，不禁一齐"呜"的一声然后频频点头，龙小姐虽寥寥数语，却果然说出了孩子的不足，当真识见不凡。

龙姗姗说完不再言语，两个小孩子坐下，喝了口水，继续弹琴。琴整整弹了一天，黄昏时分人们早已饥肠辘辘，两个孩子也都快精疲力竭了。不过，龙姗姗仍然没有首肯，按照习惯，如果龙姗姗真的看中某个孩子，她一定会伸手示意的。但是，人们都知道这是一个极难的判断，因为两个小镇倾力培养出来的孩子往往势均力敌，水平不相上下。这一回，龙姗姗如同以往一样犹豫着，她向左看看，向右看看，眉头微微皱起。远处，夕阳西下，近处，沟壑无边。桥上，龙姗姗面前的香炉还在袅袅升烟，她在晚霞中沉思着，那金黄的光线镶在她的周围，使她如同一只火焰中讳莫如深的凤凰。

"这样吧，我再出最后一道题，你们两个合奏一曲《落玉忘机》，让我再听听。"龙姗姗这时说。

两个孩子闻言，只得重新振作，右手拨弦，左手取音，再一次弹作一处。两个小孩虽然年纪尚幼，但琴中造诣已然不浅，况且《落玉忘机》在落玉川人人皆知，从小到大至少听了千百遍，因此两个小孩演奏起来均十分娴熟。人们如痴如醉地听着，渐渐地，他们仿佛忘记了一整天的饥苦与劳累。其实，这是他们一辈子最执着的精神追求之一，他们宁静生活的顶点似乎正是在那难以企及的乐曲深处。它到底是什么呢？既隐然无形，却又在每一天现实的脚步中伴随着他们；既纯净无声，又充满关于本质的欢欣与超然的洒脱。

一曲终了，夕阳渐行渐远，那一缕青烟直奔天际，龙姗姗站起了身，她背对两个小孩，很久之后，她才长叹一声："不错，真的不错，不过，你们弹得美则美矣，可是中正和平，清微淡远，这简单的八个字又说的是什么呢？"

比赛结束了，但是没有结果。不过丝碧川与静碧川的人都很习惯，这种事总是发生。龙小姐因为口味极高，所以造成了她每次都举棋不定。没有人能让她满意，她甚至对自己都不满意。一个明显的例子是，至今为止没有一个琴童可以终学。不过，还好，落玉川的人们学会了等待，比赛结束之后龙小姐沉思了很久，然后独自走回城堡，接着她的管家宣布，龙小姐按照惯例会在一个月之内给出她的选择。

几天之后，童童及时醒来，丰绮妍接到这个消息时不禁长长松了一口气。

风行集团与陈紫心达成协议之后，就动用了超强的公关力量安排好医院，并聘请了国内最好的脑科专家、神经学家、生物计算机专家、人工智能专家与纳米工艺专家，一起参与了童童的手术。手术并不如想象的那么复杂，耀眼的专家团队确保了手术的异常精确。童童康复了，醒来之后，这个长期嗜睡的小女孩，睁开眼睛凝望着病房外的天空，她足足看了十五分钟，然后面无表情说了一句话，"蓝色，天空拥有一种永恒的蓝色。"周围的人一听不禁相视而笑，他们觉得这一句话就证明这个小女孩已经完全好了，她的思维具有与设计相当的哲理。

十天之后，一个清晨，当阳光从峡谷的上方逐渐绽放之时，一个小小的女孩子走上了桥。她穿了一件桃红色的春衫，手里捧了一个大大的鱼缸，她走过桥栏长凳，走过画栋游廊，来到腾空而起的城堡前。她仰头向空中望去，面前的亭台楼阁是那样巍峨肃穆，它们仿佛矗立在云端。小女孩没有犹豫，直接沿着宽大的木梯，捧着鱼缸拾级而上，待她上到木梯的尽头时，城堡的木门悄悄打开了，一个满头银发的老管家走出来，他站在门前，奇怪地望着这个瘦瘦的、脸色苍白的小女孩。

"小姑娘，你要去哪儿?"他耐心地问。

"去那里。"小姑娘指指他身后的城堡。

老管家笑笑说："你可能是走错路了，这里很少有人能进去。"

小女孩摇摇头，她镇定地说："没错，我就是要去那里。"

"你凭什么可以去呢?"老管家问，他很少在落玉川见过这样的事。

"因为我有这个。"小姑娘说着把鱼缸举到老管家面前。

老管家看了一眼鱼缸，正当他踌躇之际，后面传来了龙姗姗的声音："怎么了?"老管家马上闪身退开，这时龙姗姗出现在城堡门口，她披了一件白色长衣，头发松散着，在晨光中缓步而下。她走到小女孩面前，然后蹲下来，她先是细细看了一会儿小女孩，然后又把目光转向鱼缸。她凝神细看，鱼缸里有一条鱼，它的鳍是黑色，头部亦黑，身体呈蓝色，而腹部却是纯白若银，它在水中昂然而游，神情相当欢愉。

龙姗姗看了很久，然后不得不点点头，感叹一声，"不错，相当不错，几乎是绝世珍品。"

"这鱼的名字叫喜鹊花。"小女孩冷静地说。

"知道，不过我只是听说过，可是从没见过。"龙姗姗说。

"他们说，喜欢金鱼的人见了它都会永世难忘。"小女孩说。

"他们是谁?"龙姗姗问。

"我妈妈，还有别人。"小女孩不慌不忙地按照程序回答道。

龙姗姗闻言再次仔细端详了一下小女孩，然后她情不自禁慢慢坐在木梯上，"你很像一个人。"她说。

小女孩并不回答，她在晨光之中把鱼缸递给龙姗姗，这时有一片云飘然而至，龙姗姗长袖一拂，从云中伸出手接住鱼缸，她低头看着鱼缸中的鱼，霞光照耀，满盆璀璨中鱼儿慢慢摇动。

一个月这后，龙姗姗出人意料地宣布她将收陈欣童为徒。丝碧川与静碧川的人们感到了奇怪，他们想起当年龙姗姗与陈紫心那场沸沸扬扬的冲突，议论了很长时间，觉得很是不解。可后来他们还是平静地接受了这个结果，这是他们的习惯。在他们的观念中，他们认为，无论龙小姐怎么做都是对的，她的决定必须遵守。何况龙姗姗与陈紫心是曾经的师徒，谁知道她们又经历了怎样的重逢与和解呢?

童童的这一次出现是个设计好的变数，"喜鹊花"就是她与龙姗姗之间的桥梁。因为受龙秋泉的影响，龙姗姗酷爱金鱼，而她与陈紫心的渊源又不能使这个人间公主完全太忘情。最终，当然是童童本身引起了龙姗姗的兴趣。她对童童仔细地进行了测试，测试的结果令她大为吃惊，这个小女孩虽然根本不会弹古琴，但她有着超强的记忆力，有着和她年龄不相称的冷静，还有一种对音乐古怪而执着的喜爱，这似乎不可能是一般的孩子所具备的。也许，这是上苍给我最好的礼物，龙姗姗暗暗想。

龙姗姗的想法几乎和丰绮妍猜到的一模一样。

现代科技的发展已经到了超乎想象的地步，工作小组的精英们在丰绮妍的指导下，把收集到的各种情报输入计算机系统，有关两个小镇的环境、风俗以及文化传统，有关两个小镇中很多个体家庭的调查，还有所有能够找到的有关龙姗姗的信息。丰绮妍精心设计了整个方案，她的如意算盘是针对龙姗姗的誓言展开的。丰绮妍经过论证，认为借道龙姗姗的誓言是唯一可以攻击她的途径。龙姗姗几乎不和世俗接触，只有这个誓言才是她通向世俗的连接点。确实，过去从未有一个孩子学会过所有那些繁复无比的古曲，那这回就把这件事交给计算机，或者准确地说交给生物芯片去办。根据最新的科学技术，当人脑被植入生物芯片之后，人的记忆力与理解力将会发生巨大的改变。它可以快速处理数据，不会曲解，不会老化，也不会疲劳。理论上说，人可以从此不会忘掉任何东西，也可以加工一切信息。

丰绮妍手下的工作小组已经多次模拟了龙姗姗与童童的见面场景，他们设计了N套应对方案，因此当龙姗姗内心产生那种感叹时，丰绮妍了如指掌。

就这样，陈欣童继她的母亲之后正式成为龙姗姗的学生。每天清晨，她都去城堡学琴。她独来独往不需要大人陪伴，路途之中几乎毫无表情，的确这个孩子发生了翻天覆地的变化，她不再嗜睡，却也再没有了天真烂漫，而是冷漠了许多。有一次陈紫心忍不住地问了丰绮妍：你把我女儿变成什么了？丰绮妍望望笔直地端坐在屋外的童童说，没什么，她只不过多了一些机器的味道而已。

正如丰绮妍计算的那样，她的现代化努力使得陈欣童成为一个独一无二的学生。龙姗姗已经有好些年没有像样的学生了，她往往是勉强招来之后，不到半年一载，一看实在不是这块料就把他们劝退。可是这一回不一样，这个小姑娘什么也不懂，但是透着一股古怪的常人难以企及的绝顶聪明，还有一种更怪的处变不惊的淡然无畏的态度。

龙姗姗开始产生了浓厚的兴趣，她经过仔细思考，决定从一个独特的角度入手教陈欣童。她一开始并没有让童童直接接触任何关于琴的知识，而是教她读书。她拿出很多典籍让她生吞活剥，儒家义理，老庄之道，唐诗宋词等等。龙姗姗当然并不指望陈欣童能一下子接受很多，因为那些东西对一个孩子简直太艰深了，就连一个大人花一辈子时间都未必能有所成。她只是希望她能先受受熏陶或者说死记硬背一些，但是童童毫不畏惧，她专心致志如饥似渴地学着，她不仅可以连学七八个小时毫无倦意，而且她超强的记忆力与理解力再次使龙姗姗惊诧不已。某一天傍晚，当龙姗姗试着考查童童这一段的学习结果时，童童竟然对答如流丝毫不差。末了，龙姗姗哑口无言，她合上书，极其罕见地露出笑容，她嘴上虽不说什么，心里却在纳罕地想："这是哪里来的小孩子？她简直就是个天才。"

童童回去后，把龙姗姗的反应如实转告了工作小组。小组中的专家们听了颇为得意，看来这电脑就是比人脑管用。不过，他们先前的模拟也百密难免一疏，因为他们并没有料到龙姗姗会剑走偏锋，上来就让童童进行文化学习。于是他们好奇地问童童："龙小姐为什么先让你学这些古籍呢？"

童童听了回答说："龙小姐说，以心解琴，以知修心，要想学好琴，必须先有知，然后方可学琴，方可至无知之境。"

专家们听了不禁笑了起来，大家议论说："有知也就罢了，不过是方方面面的知识与理解，再加上些对生活的感悟，可将来这'无知'怎么输入呢？也许这种境界连龙小姐都未必能达到吧。"

慢慢地，除了学习典籍，龙姗姗开始教童童一些看似不着边际的弹琴前的琐事。比如如何宽衣，如何洁身，如何焚香。专家们也跟着研究了这些课程，他们再次向童童求证龙姗姗的目的，童童一字一板地模仿龙姗姗的腔调说："古人有云，弹琴前必先除其浮躁粗粝之气，得其和平淡静之性。奏曲之前，如能细细地按照规矩这么做一遍，必可以化人恶陋，开人愚蒙，发人智睿，这样才可充分领会琴声中所发喜怒哀乐，而得其趣味耳。"

众专家听了都频频点头说："这龙小姐果然识见不凡，只是也太曲高和寡了。"

人们就这么一直干等着，丰绮妍早已叮嘱过大家，龙姗姗绝非一般人，她思路飘忽，我们只能亦步亦趋，不可造次。耐心是目前最好的办法，只要龙姗姗慢慢走上工作组给她设计好的既定道路，那时无论她多么跳脱不羁，再想回头可就是难上加难了。

丰绮妍的策略后来被证明是对的。龙姗姗的第三个教学阶段，依然出人意料。她还是没有教童童弹琴，而是教她辨别何时何处不弹琴，她说，弹琴讲究的是琴心合一，光有技法而无心就只是匠人了。古来琴家为达化境，向来十分挑拣弹琴的时间与地点。古人有几不弹，第一，疾风暴雨之时不弹。第二，于尘市不弹。第三，对俗子不弹。第四，不坐不弹。第五，不静气不舒衣不弹。这个阶段虽说学来不难，但龙姗姗教起来却相当随意，她几乎是想起一个说一个，因此花了特别长的时间。经过苦苦等待，专家们忍不住又问童童，龙小姐除这些不弹之外，到底还有多少不弹啊？童童想想回答说：她说还有很多，但是她现在记忆力有些不好，等她想起来之后再一一告诉我。专家们一听齐齐拍了大腿道：哎呀妈呀，还有多少啊，这得等到哪一天呢？

终于，龙姗姗从某一天开始教童童弹琴的基本手法。一般来讲，跟龙姗姗学琴的那些学童，基础都相当深厚，大人们把他们送来是深造的。但是，童童是一张白纸，对于弹琴一无所知，按理这基础是极难打的，又枯燥又艰苦，不下大功夫基础不会扎实。但是阴差阳错，就目前的条件来说，打基础这件事对童童来说反而是最轻松的，因为论起死记硬背与精确的重复，电脑远在人脑之上。

果然，学习一开始，童童就把她天才的一面淋漓尽致地表现出来。她确实是一张白纸，但这张白纸的背后具有无人能比的强大的自我学习和自我改进的功能。童童进步之神速，简直是坐地日行八百里，龙姗姗从左手到右手，从手指到指甲轮番讲起，童童飞速地学习着，领悟着，实践着，重复着。刚开始，她还颇有滞涩，但几周之后几乎就到了龙姗姗说到哪里她就会到哪里的地步。龙姗姗深深纳罕，她简直难以置信，并平添了几分怀疑。有一天她忽然下决心一试，她想看看童童的理解速度到底有多快。那天，龙姗姗把课的强度加到最大，她在她们练琴的地方——城堡中最高的云天阁里来回踱步。她根本不看童童，只是自顾自地在飞檐斗拱之下滔滔不绝地说着，而童童毫不示弱，她挑摘抹打，剔劈勾托，应声而动。琴声在她们两人周围散开，它穿过空旷的楼阁亭台，飘出窗外，悠然飞入云间。龙姗姗越说越快，童童十指轮动，如蝶入花丛，翩然起舞。龙姗姗反反复复地讲解一首简简单单的曲子，只是她越讲越深，越讲越忘情。童童一遍又一遍地弹着，她几乎每一遍都在进步，从生疏到熟练，从流于表面到进入深层，待她弹到第几百遍的时候，已隐然有高手风范。此时龙姗姗放弃了努力，她转过身，不自禁地问了一声，"你是谁？你到底是谁？"

童童闻言，慢慢停了手，她镇定地抬起头，不慌不忙地说："我是你的学生，我母亲也是你的学生。"

"你是上天的礼物还是这个世界的陷阱？"龙姗姗忍不住自言自语地又问，童童听了什么也没说，只是挑起嘴角，笑了一下，她头脑的程序早已安排好应对这类提问的反应。

龙姗姗开始教童童古曲，童童依旧飞快学习着，她几乎对曲谱过目不忘。工作小组此时终于有了用武之地，他们准确而细致地进行着资料收集工作。他们每天都用最先进的扫描仪把童童头脑里生物芯片中的最新信息收集起来，这样童童学到的所有曲子就全部记录在案，绝不会丢失。据说，龙姗姗心目中有一万零八百首古曲，根据难易程度分为九级，如果按照童童现在的学习速度计算，只要坚持到明年春天，童童就会大功告成了，她就将学会全部古曲，那时龙姗姗就该退出历史舞台了。

丰绮妍和她的小组对现在这个结果相当满意，但是鉴于龙姗姗曾经多次探问童童的来历与背景，为了避免引起她的怀疑，工作小组决定适当减缓一下童童的学习速度。这期间林志峰曾经致电了解情况，丰绮妍如实汇报，林志峰也对她的工作成果表示了赞赏，他还认为她的策略完全合理，公司对此事不设时间表，只要能搞定就是最大的胜利。

但是世间事毕竟难料，人脑算与电脑算之后，还是有个小意外发生了。意外出现童童身上，有一天，她在筋疲力尽的学习之后，忽然问龙姗姗："龙小姐，你那个誓言是真的吗？"

"什么誓言？"龙姗姗奇怪地反问。

"只要有人学会你心中所有的曲子，你就会离开这里。"童童说。

"这是谁告诉你的？"龙姗姗听了严肃地问。

"是电脑告诉我的。"童童指指她的头。

"什么是电脑？"龙姗姗不解地问。

"电脑就是机器，跟你说了你也不懂。"童童说，"你就说，有没有那个誓言吧？"

"当然有，这个誓言是我在父亲去世后发下的。"龙姗姗有些黯然地说，"可现在这个世界上，几乎没有人想认真学琴了，恐怕我的誓言永远都不会实现。"

龙姗姗说完，看了童童一眼，不禁问："怎么，有人希望我离开这里吗？"

"不知道，这也不关我事。"童童摇摇头，她说到这儿忽然收住了这番带有启示性质的谈话，电脑的程序再次成为她思维的主导，过了一会儿，她闷闷地说："我只想赶紧学完赶紧休息，我很累，又不是机器人，我需要自己的自由。"

童童不知来自何处的有关自由的抗争绝对令人意想不到，丰绮妍与工作小组听说此事之后，简直吓坏了。如果童童这么口无遮拦地说下去，早晚会把公司的底牌亮出来的。还好童童似乎只是偶然出错，而且她对大人们的计划也知之不多。工作小组又迅速刷新了童童头脑中的生物芯片，加固了保密部分。为了以防万一，他们决定去掉童童头脑中的自由观念，但检查之后，他们确定没有人把这个概念误输给童童。但它是从那里来的呢？经过研究，大家认定这个概念来自一个生物人的本能，这就不好办了，现代科技的发展已经到了几乎完美控制人的地步，但是对于人类本能这一块依然毫无办法。

人们开始惴惴不安地等着，等待龙姗姗做出下一步反应，并做好了各种应急的方案。可一段时间过去，龙姗姗并没有表现出什么异常，她依然循规蹈矩，按部就班地教着。人们慢慢松了一口气，大家想，看来龙姗姗毕竟接触社会少，她恐怕不会从一个社会人的角度考虑种种发生在她周围不合理的事。

可是轻松的日子并未持续太久，该来的还是来了，只是角度再次出乎人们的预测。那是一天傍晚，童童放学之后照例先来到宾馆，工作小组照例用扫描仪读取了生物芯片中的最新数据，然后童童就回了家。工作小组接下来通过计算机系统整理刚刚读取的信息，但是，这一回他们发现信息并不完整，通过电脑还原之后，他们发觉有一首曲子是残的。这是从未有过的事情，专家们马上又去追问童童，当时正在院子中玩耍的童童不耐烦地说："我怎么知道怎么回事，老太婆教着教着忽然停下来不教了。"

"不会是她有所警觉吧？"大家听了面面相觑。

"警觉也未必如此，龙姗姗是个极其认真严肃的老师，她教授古曲断不会半途而废的。"有人反驳道。

人们在猜测中等待着，谁也不知就里。果然，后来这种情况又出现了几次，工作小组的人们终于觉得问题比较严重了，他们又找时间认真询问了童童，童童那一次情绪还好，她安静地回忆了一下整个过程，然后说："这一阵，龙小姐确实有点反常。"

"她怎么反常?"工作小组的专家们问。

"她说，《溪山琴况》之中的二十四况，她记不全了。"童童说。

"那二十四况是什么?"专家们随口问。

"和、静、清、远、古、澹、恬、逸、雅、丽、亮、采、洁、润、圆、坚、宏、细、溜、健、轻、重、迟、速。"童童飞快地说道。

众人听得一头雾水，也不懂她在讲什么，过了一会儿，一个生物工程学家反应过来，他问："她是不是记性不好了，开始忘事了?"

"也许吧。"童童耸耸肩，漫不经心地嚼着口香糖说。

"难道说，她是忘了曲子怎么弹了? 那不永远都学不会了嘛——"生物工程学家立刻叫了起来，大家一听全蒙了。

令人颓丧的是，龙姗姗后来依然继续着她的停顿，情况没有改善反而是越来越糟。龙姗姗与童童教与学的地方在是城堡里的木制大堂，每当龙姗姗头脑中那一片空白袭来之时，她就静静地坐在那张传世甚久的海月清辉琴前，手停在空中，双眼盯着琴身发呆。周围所有的木制器物都一如既往地沉默着，它们散落在各处，耐心地等待着它们主人启动的那一刻。而童童却没事人一般，事不关己地坐在龙姗姗对面，漫不经心地看着别处，既不高兴也不悲伤，仿佛置身事外。

龙姗姗似乎什么也想不起来，她站起身开始踱步。她先是在大厅之中徘徊，久久地停留在她父亲的画像面前。一个时辰之后，她问自己的第一个问题是，我究竟忘记了什么？然后她走出大厅，在充满花草树木的亭台楼阁之间默默流连忘返。就在她来到城堡二层那个能够仰望天光的空中花园时，她问了自己第二个问题，我还能想起什么？傍晚，夕阳西下，她登上城堡中的最高的云天阁。云天阁四窗皆开，霞光从四面涌入，但见丝碧川与静碧川炊烟袅袅，面前的峡谷郁郁葱葱深不见底。成群白色的鸟儿一会儿从地峡中飞起，一会儿又潜入深谷，它们振翅的声音不停地从空中清晰地传来。此刻龙姗姗凝视着这人间美景，她问了自己第三个问题，我到底是应该忘记什么还是应该想起什么？就在龙姗姗冥思苦想时，童童也于冷冷清清之中寻寻觅觅，她在一个房间里偶然发现了那条她带过来的"喜鹊花"，她蹲在鱼缸前看了一会儿，就把手伸进了水中。她飞快地捉着，"喜鹊花"敏捷地躲着，这种黑白翻动中的追逐让童童感到有趣，她终于头一次在旧桥城堡中露出了久违的纯真的笑容。

龙姗姗的停顿使工作小组非常头疼，他们费尽心机做足了功课，却从未想到过龙姗姗本身会出问题。已经有很多天，小组的专家们无法采集到任何一段完整的音乐，让这些零碎的音乐片段留在童童的记忆里还是把它们抹去，成了小组成员之间争论的焦点。经过研究，专家组好歹想出了一个临时的办法权且试试，他们决定开始广泛收集曲谱，然后按照难易程度给童童的生物芯片中分批输入，这样既可以替代某些半途而废的曲目，又可以让童童弹出来反向提醒龙姗姗。

不得不说，这个办法不坏，专家们很快就搜索到两批曲谱，然后通过外部计算机把信息读入生物芯片。可是实际尝试之后，人们很快发现这样做的效果并不明显。因为龙姗姗的心中除了那些耳熟能详的古曲之外，还有一大部分是只有她会弹的孤品，这些古曲可能是散失之后她找回的，也可能本身就是她自己按照古人意境创作的，就是说，这个世上最大的曲谱库在她心中，但是没有人知道她的心有多么宽广深刻，到底是不是可以测量。

时间在僵持中过去，仿佛一切突然停摆了。本来龙姗姗在明，丰绮妍他们在暗，这原是一场各方面颇不对称的较量，从准备到技术手段，丰绮妍都占有绝对优势，但是谁也没有想到龙姗姗会出问题，她打断了这场较量。但是，正是因为龙姗姗本身的问题，才让丰绮妍看到龙姗姗拥有如此强大的王牌。这张王牌不是别的，就是她自己，一个古琴艺术家对她所在世界的彻底理解。丰绮妍本来以为一切尽在掌握之中，但现在看来她失算了，丰绮妍没有焦虑，她的经历已经教会了她遇事要冷静，看来必须改变计划了，但是新的计划是什么呢？丰绮妍毫无头绪。

在束手无策之际，丰绮妍组织召开了一次远程视频会议，公司总裁林志峰及公司其他一些专家应邀参加了，会议中大家七嘴八舌但大部分建议都不太实用，林志峰并没提出什么，他只是在会议中睡着了。会议结束后，工作小组议论着各种意见，也议论着老板的表现。有人小声说，老板是上岁数了，人真的无法抗拒自然规律。有人听了，马上接着说，就怕龙姗姗面临同样的问题，要知道她和老板可是同时代人。

丰绮妍听了这个说法深深忧郁，其实对于龙姗姗的失常这是最合理解释，但这也是她最怕的解释。这代表了无法逆转，代表了他们将前功尽弃。不过丰绮妍又有些怀疑，作为一个职业音乐家，那些她毕生钟爱的曲谱，应该已经融化在血液以及指尖之中，完全可以应手而出。怎么可能忘记呢？这也来得太突然了。

丰绮妍思来想去决定去找陈紫心，她来到陈紫心的洗衣店。陈紫心正在和一个来洗衣服的年轻人说话，他们之间显得很熟，陈紫心几乎像大姐姐一样与年轻人絮絮而谈。

　　年轻人走后，丰绮妍提出了她的问题，她问："据你了解，龙小姐对琴的了解如何？"

　　"龙小姐身琴合一，她就是琴本身。"陈紫心淡淡地说。

　　"据说龙小姐天资聪颖，其智力非常人所及，有过目不忘之功，这是真的吗？"丰绮妍又问。

　　"当然，我曾跟龙小姐学过琴，虽百般努力也不及其万一，她完全可以比得上你们的计算机。"陈紫心回答道。

　　"那么，如果有一天龙小姐忽然忘掉她心中的古曲，这你相信吗？"丰绮妍又问。

　　"不可能，这绝不可能，龙小姐就是闭着眼睛也可以弹出任何一首曲子，她不用动脑子，她的手就会告诉她应该怎么弹。"陈紫心说。

　　丰绮妍听到这儿，不禁皱起了眉，她心想，这跟我对她的判断一模一样，看来事情蹊跷了。

　　"怎么，你们对付龙小姐的计划出了什么意外吗？"陈紫心这时问。

　　"是的，也许龙小姐'醒了'，她知道别人在算计她，所以开始顾左右而言他，要是这样，我们的计划就不得不搁浅了。"丰绮妍皱着眉说。

　　"不可能，龙小姐不会这么做，因为她根本不会有这种世俗的想法。"陈紫心否定道。

从长远历史角度来看，当年龙姗姗与她最好的学生陈紫心决裂是一件大事，它注定了未来落玉川的历史将要走向另一个方向。

　　但在当时看，这仅仅是一个小事或者说是一件偶然的事。

　　龙姗姗一直与她的学生们不合，这是个众所周知的秘密。她口味孤绝，眼光极高，看不上任何人除了她自己。但是又有谁能和龙姗姗一模一样？谁能像她那样超脱凡俗，不食人间烟火，专事琴事？在她的眼中，每个学生对古曲的理解都不免会有不少世俗气，都和她有很大的距离，这使得龙姗姗非常苦恼与失望。还好世界的可能性安排陈紫心出现了，她虽然与龙姗姗是两代人，却是落玉川中最能理解她的，在音乐上最接近她的一个。

　　陈紫心自从进入城堡之后就拼命学，拼命钻研追赶，她废寝忘食，通宵达旦。经过艰苦卓绝的努力，陈紫心进步神速，但是有一天当陈紫心觉得自己豁然开朗时，她忽然发现龙小姐对音乐的理解并不全对。

　　作为最好的艺术家，她们渐渐地开始了争论。但是，谁也不能说服谁。后来，发展到对每首曲子的看法都不一致的地步。于是她们彼此之间忘掉了辈分、尊卑，发生了忘我却致命的持续的争吵，一首曲子应该清远还是应该苍劲，应该流畅还是应该滞涩？谁的方式表达了音乐里最纯真的本质？

　　如果站在现代世界的角度看，这种关于音乐的争执是相当自然的，音乐的最终的美就在于它的不确定性，它的随心所欲，心不同则音乐必不相同。但是在那个时代那个世界里，这种争论是不允许的，因为它挑战了一种传统，一种对于世界权威的解释，是一种显而易见的僭越。可是陈紫心，这个落玉川历史上最固执的少女，抛弃了一切顾忌与担心，向落玉川的女神发动了历史上的第一次进攻。在决裂的那天，她和龙姗姗都弹了《落玉忘机》。这是落玉川第一高手与第二高手之间的决斗，她们一遍又一遍地弹，十指翻飞，意气风发剑拔弩张，每一遍都不一样，每一遍都在对抗比拼，每一遍都在变换风格手法试图击倒对手。她们整整对峙了一天，饭不吃，水不喝，如同敌人一样发誓要血战到底。终于，当两人弹到一百遍时，少女陈紫心忍不住跳了起来，她冲到云天阁的木窗前，一把推开窗户，冲着窗外的山谷撕心裂肺地喊了一声，我不弹啦，憋死我啦——

当天晚上，陈紫心离开了城堡，义无反顾地决绝而去。龙姗姗在她父亲死后第一次动容了，她来到城堡中的二层空中花园里独坐，看着丝碧川与静碧川的点点灯火，面前是黑漆漆的峡谷，龙姗姗轻拍栏杆，独自吟唱一曲《落玉忘机》。这一曲和她平时所弹完全不一致，她如同世俗之人一样想起了陈紫心，她的学生、晚辈，对手的音容笑貌。两个小镇的人们都分明听到一种极沉痛的声音辣然而过，可是当人们还未反应过来，龙姗姗却忽地收声，泪洒深谷之后，重入云天阁。

陈紫心后来负气去了外面的世界。事实证明她的选择是错的，她糟糟懂懂游走八方，最终遇到一个她这一辈子最恨也最爱的男人。那是一个冒牌地质学家，他贫穷，满口雌黄，除了一个寻找恐龙化石的梦想，以及一个意外的女儿之外，他什么也没有给陈紫心留下，就不负责任地逃之夭夭了。

多年后陈紫心带着疲惫的伤痕回来了。外面的世界令她绝望异常，那里充满了虚伪的陷阱，人的思想以及诺言都是假的。更让她愤怒与不解的是，那里的大部分人竟然靠吃化学合成物活着，但他们还别无选择硬说这是幸福的生活。陈紫心从此变得沉默了，她在两个世界里都选择了哑口无言，她像蒿草一样死气沉沉，苟且偷生，因为她明白这两个世界，哪个都不是她的，她无足轻重。

但是龙姗姗却没有任何改变，她如同以往一样住在空中，她的伤痛转瞬即逝，很快又沉浸在那缥缈的音乐仙境之中，这是她作为仙子的最大的忘怀本领。

整整两个月过去了，天已经进入仲夏，可是龙姗姗没有丝毫进展。集团总部多次催问，丰绮妍几乎无言以对。工作小组停止了工作，小组中的专家们整天无所事事。于是，公司中开始有人议论，都怀疑丰绮妍的计划是否还能进行下去。还好，林志峰出来替丰绮妍说了话，使她稍稍得以喘息。不过即使如此，丰绮妍自己也明白她必须寻求改变了，应该找到一个替代方案，可是这个方案在哪呢？丰绮妍为此殚精竭虑，但是根本没有头绪。

不得已，丰绮妍决定先收队，以退为进，先留下几个人在此处坚守，等想好办法再过来。走之前，她和陈紫心进行了一次告别谈话，她找到陈紫心，告诉她他们的计划有变，一些人可能要先走了。

"是怎么了？"陈紫心不解地问。

"计划执行得不顺利，我们必须重新想办法。"丰绮妍说。

"那童童怎么办？"陈紫心问，这是她最关心的问题。

"也可以让她继续学下去，不过我们不会再特别坚持，但是根据合同规定，我们公司会终生负担她的各种康复费用。"

"谢谢。"陈紫心点点头，然后她看看丰绮妍说，"你对我们母女很够意思，按理来说，你不必再花这个冤枉钱。"

丰绮妍听了笑笑说："是的，的确如此，如果按照一个商人的计算，我确实不需要再花钱。但是，你忘了，我也是生长在丝碧川的，从内心深处讲我自己非常希望改变这里的一切。如果暂时改变不了，我希望能让多一个人走出去。多一个人出去，落玉川就多一分希望。"

陈紫心听了，又一次认真地点头。

"你知道外面的那个世界是异常残酷的，因此，一个优质的电脑芯片也许能帮助一个人在那里更好地活下去，特别是童童这样的孩子。"丰绮妍接着说。

"那个什么芯片真的那么管用？"陈紫心不信地问。

"当然，芯片可以克服人类的很多弱点，它会带给人理智与毅力。"丰绮妍说。

"但愿如此。"陈紫心说。

丰绮妍笑笑又说："我记得有这样一个例子，当年有一个小女孩就是从这里跑出去的。很遗憾她到了外面的世界之后由于眼花缭乱是非难辨，很快就堕落为一个'冰妹'，就是吸毒。有一天她幡然醒悟，于是开始找工作。经过无数次坎坷之后，她终于成为一名设计师。在这个位置上，由于她工作勤奋，才华横溢，很快就做得风生水起。但是也正是由于她锋芒毕露，自私自利，拉帮结派，终于得罪了老板。老板为了清除异己，痛下杀手，派人向警察检举了她吸毒的事实，于是她被抓起来关了两年。两年之后，她出狱了，痛定思痛之后，她决定向老板认错，痛改前非。为了不让自己再犯瘾，她给自己安上了生物芯片，从此，毒瘾完全戒除。老板觉得孺子可教，终于不计前嫌地启用了她，后来她最终成为行业里最棒的设计师之一。"

陈紫心认真地听着，待丰绮妍说完，她不相信地望着丰绮妍，不自禁地问："你在说谁？"

丰绮妍一听，挑起嘴角轻松地笑笑说："姐姐，说谁并不重要。重要的是，自从安装了芯片之后，那种超级的理智为那个女孩选择了一种超级的成功之路，你说这东西管不管用呢？"

几天以后，就在丰绮妍准备带领工作小组暂别落玉川时，陈紫心意外地前来探望。看着房间之中的凌乱景象，她提出一起去散散步。丰绮妍没想到陈紫心有这样的兴致，于是欣然同意。天很蓝，两个人携手走在上午的阳光里，计划执行了这么长时间，这还是丰绮妍头一次如此轻闲地看街景。她们穿过静碧川，然后过桥到丝碧川，在丝碧川漫游一圈，再过桥，又回到静碧川。她们在两个孪生小镇之中流连忘返，一切都跟小时候一样，白墙黑瓦，烟柳小溪，还有绵延无尽的青石板，当她们再次走过石桥酒肆时，陈紫心回头望望不远处空中的城堡，然后问丰绮妍："你们真的要走了？"

"是暂时的，等我们想到办法再杀回来。"丰绮妍回答道。

"那么你们何时能想出新办法呢？"陈紫心问。

丰绮妍听了一时语塞。

"你们不就是想让龙姗姗离开那座城堡吗？其实让她离开并不难。"陈紫心这时说。

"怎么，姐姐有什么高见吗？"丰绮妍一听瞪大了眼睛。

陈紫心笑笑说："我也没什么高见，不过据我所知，龙小姐的问题就是在于不认识现实，因此也就不承认现实，一个不承认现实的人怎么能自行离开她虚幻的王国呢？你们为什么不用现实击溃她，最后强迫她自己接受现实呢？"

"言之有理，那姐姐你有什么具体方法呢？"丰绮妍听了不禁频频点头。

"你知道龙姗姗是个黑白色盲吗？当年龙秋泉为了给她治病，延请天下名医，几乎花光了所有的钱。"陈紫心说。

"这我当然知道，这是落玉川公开的秘密。只是大家按照与龙秋泉的生前约定一直保守着，现在大概只有龙姗姗她自己不知道。"丰绮妍说。

"如果我是你，我就会利用这个秘密。"陈紫心说，她的语气还是那么平淡。

"怎么利用？"丰绮妍问。

"方法多得是，随便找一个即可。"陈紫心说，"反正就是让她知道真相，龙小姐不谙世事，这种真相的强度肯定足以使她发生心理崩溃，足以把她从天国之中打落下来。她会痛心，会难过，会自暴自弃。经过这一段，只要她想活下去，就早晚得承认这个世界和她想象的不一样。到了那个地步你们再跟她谈合同，我想你们这些商业精英对付这么一个流落世间，手无寸铁的女人简直太容易了。"

丰绮妍认真地听着，这真是一个绝妙的方案。她瞟了一眼陈紫心，在她那苍白而没有生气的脸上，丰绮妍看到了坚定的意味，丰绮妍暗想，果然不愧为落玉川的第二高手，难怪当年人们说她曲风独特，手法遒劲。

"姐姐，这的确是个好办法。"丰绮妍承认道，"可是这么做，会有人说我们太缺德了，估计会激起公愤。"

"这当然很缺德，也肯定会有人破口大骂一辈子。不过，这里确实该改一改了，很多人需要新的生活，我们值得做一次坏事，我不希望我的女儿像我一样生活下去。"陈紫心说。

丰绮妍听到这儿，脸上浮起一丝古怪的笑容，她说："姐姐果然是龙小姐最好的学生。"

"过奖，最好的学生就该给老师最好的回报。"陈紫心自嘲地说。

"那么你觉得她最终承认合同的概率有多大？"丰绮妍问。

"不知道，除非你有更凶狠的办法。"陈紫心回答道。

堡垒往往是从内部攻破的。

陈紫心作为曾经的堡垒中的一员向丰绮妍献计，背负了沉重与牺牲的味道，她这么做不是为了过去，而是为了将来，其实，落玉川早晚有一天会有人做出这样的事儿。

工作小组经过审慎评估，他们认为陈紫心提出的办法相当狠辣。首先它是主动的，其次，它足够震撼。从攻击一个人的生理缺陷入手进而击溃她梦幻般的生活，肯定管用，而且这种行动的效果不仅可以刺激龙姗姗，还可以试探周围人的反应，既然早晚要和这个世界结下梁子，那就不如从恶毒开始，擒贼先擒王。

至于这么做是否缺德，对于一个组织的行为来说，倒无关紧要。

工作小组后来找到一个特殊的方法来开始他们的行动。他们富有想象力地认为，应该从对两个小镇进行色彩唤醒开始，然后再波及龙姗姗身上，最后彻底打倒她。可如何唤醒沉睡多年的小镇对于色彩的敏感呢？商量之后，大家认为应该进行涂鸦，在落玉川大规模涂鸦。

可是大规模涂鸦是需要人手的，找谁去做这件事？总不能让专家们干吧？关键时刻，还是陈紫心帮了忙，她介绍丰绮妍认识了几个常来她洗衣店的年轻人，陈紫心认为年轻人总是热衷于新鲜事物，并勇于接受改变。果然她没有看错，丰绮妍没花多少时间就和年轻人谈妥了，由他们来组织实施涂鸦行动，专家小组提供各种物质支持。

于是，从某一天起，在丝碧川与静碧川，一些大胆的涂鸦出现了。那是一些色彩鲜艳，尺寸异常巨大的不知所云的符号或者绘画。有大大的叉子，上面顶着向日葵；有巨大的绿色光头，配了一张肥厚的红嘟嘟的嘴唇；还有一个黑色的鸟笼，上部被打烂，一只金鱼伸出了头。有一天，一个女人的裸体终于出现，那画不知道是为了艺术还是为了流氓，反正到了下半部，关键部位就被夸张地放大了。

这些涂鸦出现在房屋、茶楼、旅店、商铺的外立面上，丝碧川与静碧川的人们开始议论纷纷，他们不知道是谁干的，他们为什么这么干。后来有人醒过味儿来，觉得这不仅打扰了他们的墙壁也打扰了他们的生活，于是人们抱怨了，在街道上，在茶楼中，在行进的小船上，都有人声讨这种不轨行为。但是也有人觉得这些涂鸦还是挺好看的，他们指出，当天气晴朗时，从远处看去，丝碧川与静碧川竟然比原来多出了些许亮丽的色彩与活力。

分歧就这样形成了。这一回不再是以自然的裂缝为界限，而是以赞同或者反对为阵营。年轻人慢慢成了同盟军，不久，他们打破两个小镇互不来往的惯例成立了涂鸦俱乐部，一笔不知来自何处的资金强有力地支持了俱乐部的初期建设。成年人们依然无法克服多年的隔阂，但是他们的思想是一致的。当他们再次看到涂鸦时，他们都会在桥的两边同时说：这到底是什么玩意儿，也太没规矩了吧？

不久，就在暗中纵容与非实质性批评之中，年轻人们终于做出了更出格的事儿。一天晚上，两个毛头小伙子喝醉了。这一回他们想起了别人赞助的一些高科技设备，他们搬运来激光棒、高清晰监视器、电脑、投影仪，进行最流行的激光涂鸦。他们折腾了好半天，把一切设备都连接好，然后就把一个电脑上画好的小人儿投影到旧桥城堡之上。于是在夜晚，在这个沉静世界的中心出现了一个他们连自己都没想到的景象，那儿不再是象征秩序和权力的巍峨的城堡，而是一个嘻嘻哈哈，站没站相坐没坐相的红色的胖子，他挂着腮，捧着肚子，一副很色的样子。

就在那天夜里，龙姗姗恰好坐在云天阁里想心事。不经意间，她猛地看到一束光闪了过来，然后就是很多束。她不知是怎么回事，于是她站起身走到窗边，向外张望，这时她清晰地听到两个年轻人张狂的叫嚷："你能看到这个世界真实的颜色吗？"龙姗姗不解地想，他们在喊什么？他们在向谁叫喊？

年轻人毫无顾忌的做法终于激怒了落玉川沉默的大多数人，本来他们就看不惯年轻人的张狂，只不过他们习惯于事不关己高高挂起。但是这些不知天高地厚的小子不能骚扰龙小姐，不能撬动他们生活中根本的基石。于是，两个小镇保守的人们也不得不联合起来，他们无奈地暂时摒弃前嫌，自发组织起来，互通信息，开始以家庭为单位捉拿涂鸦俱乐部的年轻人。这完全是一场传统势力对于新兴势力的打压。一个星期之内，丝碧川与静碧川到处充满了斥责呵骂与棍棒敲打声，年轻人们抱头鼠窜，狼奔豕突，大人们如饿虎扑食，蛟龙出海。最终保守派全面得胜，涂鸦俱乐部的年轻人无一漏网，全部束手就擒。所有坏蛋被强行饿饭一天，只准喝粥，并被拒绝配发咸菜。

第二天清晨，保守派押着年轻人们步行走到旧桥中央，他们让犯了错误的年轻人一字形站在前面低下头反思，然后他们一起仰起头恭敬地齐声喊道："有请龙小姐讲话。"

龙姗姗当时正坐在二层的空中花园中欣赏天光，峡谷中白云浮动，听到下面的人声，她好奇地向下俯望，然后淡淡地问："什么事？"

"龙小姐，这些小孩子年轻无知，多有冒犯，还请龙小姐原谅。"大人们说。

"他们怎么了？"龙姗姗不解地问。

大人们互相对看了一眼，然后说："那天晚上打扰龙小姐了。"

"那倒没什么。"龙姗姗摇摇头说，"我当时正枯坐无味，他们也就是乱叫两声罢了，估计是醉了。"

大人们听了龙姗姗这话都频频点头，心怀感激，看看人家龙小姐如此举重若轻，毫不在意，果然是仙家风范。于是他们又命年轻人深深鞠了一躬，接着他们自己也深深鞠躬。礼毕，他们面对着龙姗姗一步一步向后渐次退去。整个人群安静地慢慢离开，可就在十来步之间，一个老者忽然叫道："丝碧川居民斗胆打扰，恭请龙小姐再奏一曲《落玉忘机》。"他的话音一落，另一部分人也立刻叫了起来，"静碧川居民也恭请龙小姐演奏。"

龙姗姗听了微微一笑，她说"这个简单"，然后转过头对身后的童童说："去，把我的琴拿过来。"

童童回身进屋取琴，须臾返回。龙姗姗的琴出自明代制琴名家张寄修之手，据前人张岱的《陶庵梦忆》里记载，张寄修制琴为吴中绝技之一，上下百年全无敌手。龙姗姗的琴自出世以来已历经数百年，漆光褪尽，色如乌木，断纹满布。此时，龙姗姗又是微微一笑，她长袖一拂，左手按弦，右手正要取音弹拨。忽然，一群白鸟从峡谷中钻了出来，它们直扑桥面，到得云天阁之上，猛地四散于天，并且爆发出一阵清脆震天的鸣叫声。

龙姗姗见得此情此景，猛然收了手。她皱眉沉思，过了好一会儿，抬起头转向年轻人说："这样吧，让年轻人说，他们喜欢什么，我就来弹什么。"

年轻人一下子愣了，他们没想到龙姗姗会问到他们头上。按理，落玉川琴风浓郁炽热，他们自小到大耳濡目染，连听带弹过的古曲怎么也得有几百首，因此要他们随口说出几首曲名易如反掌。可是年轻人的想法就是与成年人们不一致，他们互看了几眼，大家立刻会意，于是一个年轻人冲口而出，他说："我想听一首《飞鸟、云和早晨》。"

这显然不是一首既成曲，而是年轻人见情见景之后随口现编的。这分明带有某种挑战的意味，是让龙姗姗即兴奏演，这太不成体统了。一首琴曲要经过千锤百炼之后才可拿出来演奏，怎能如此草率？大人们听完年轻人的无理要求，刚要出言呵斥，却被龙姗姗挥手制止了。龙姗姗略一思忖，琴声随即响起。一开始琴曲是一派清远古淡、舒脱淳净之气，然后琴声过渡一下，渐转平和雅正、温厚含蓄，大家听得正得其意，乐声又不拘一格，跳入绮丽清朗、洋洋自得之境。众人不分老少听到此处，不禁心中一震，均想，这龙小姐果然了得，三转两折之间，白云与飞鸟均已得着了。转念之间，乐声渐平，阳转阴，动为静，一种宁静开阔的早晨慢慢展开，众人听得入情入神，正待龙姗姗再展曲势时，那琴声却猛地一收，戛然而止了。

龙姗姗停了手，凝神仔细盯着琴弦，不再动作。众人有些不解，互相抬头望着，脸上都显出惊奇之色，龙姗姗又两次作势欲按，却都在半途中停住。这时只听她自言自语道："据说，当年陶渊明常在屋中摆一张琴，既无弦也无徽，每次饮酒之后，他都会在琴上虚按一曲，后来李太白有诗曰：大音自成曲，但奏无弦琴。也许说的正是此意。"

人们认真听着，都不作声，心中均是将解未解。此时龙姗姗也不顾众人疑惑，她又自顾自地问了一句："我到底应该弹下去，还是应该忘了它呢?"然后起身扬长而去。

龙姗姗的问题没有答案，这个世界能回答她问题的只有她自己。

终于从某一天起，龙姗姗重新开始教童童弹琴。这是工作小组盼望已久的改变，只是这一回，龙姗姗并没有如工作组期待的走上老路，让童童再按固有的琴谱弹，而是别出心裁，让她学习即兴演奏。

这分明是龙姗姗受到了涂鸦事件的启发。即兴演奏就是看到什么听到什么就演奏什么，因景生情，以情动心，再由心而生琴声。这实在太难了，即使是许多古琴高手，操琴一辈子也未必能达到琴由心生的无上境界。可是龙姗姗执意让童童练习，这一回，童童完全卡壳了。因为她头脑中的生物芯片虽然具有强大的记忆能力，却还是不具备真正的创造能力，而即兴演奏需要高度创造性的技巧，一个孩子失去电脑的帮助，既没有成人完备的音乐素质也没有对于这个世界深刻的理解，怎么能完成这样的课业呢？

因此城堡内有时间规律的琴声变得断断续续了，童童常常孤独地望着琴弦，满脑子空白，久久无法开始。龙姗姗似乎也在跟着思考，每每出题之后，她就开始耐心地等，静默一段时间待她确定童童无法给出答案后，就开始自己弹。琴声开始小心而艰涩，慢慢变得流畅，龙姗姗谨慎地尝试着，坚持着，渐行渐远，她的表情中有一种探求，也有一种疑问，还有一丝沉醉，童童则皱着小眉头奇怪地看着她，龙姗姗的凡此种种都让她感到了然无趣。

山中一日，世上千年。就在童童与龙姗姗苦心操练之时，城堡外的世界却继续暗潮汹涌。年轻人虽然遭受了挫折，却很快恢复了元气。要知道年轻人是一个惰性世界最大的敌手，也许这个世界可以部分地打败他们的某些行动，但是无法永远打败他们的全部行动，特别是当他们的行动掺杂上那个年龄段中充满牺牲精神的生理激情时。

丝碧川与静碧川的涂鸦俱乐部在经过短暂的沉寂之后，又渐渐活跃起来。据说，有几个外来者和年轻人秘密见了面，这是些道貌岸然的家伙，他们和年轻人们进行了长时间的沟通。来人之中有人描述了外部世界的美好，有人阐释了落玉川成为一个开放社会的可能性，还有人谈到有关多元价值观的理论，他们鼓动说没有谁生来就是对的，所有的观念都应该平等放在一起被考量，一个不仅仅有古琴的世界一定是个更美好的世界。

年轻人们受到外来者的思想蛊惑之后，热血再次沸腾，他们决定必须重新行动。根据外来者的情报，他们得知了一个秘密，那就是龙姗姗喜欢金鱼，于是他们想出了一个别具新意的主意。

他们找来了一个玻璃工艺师，开始制造鱼缸。这些鱼缸纯属超现实主义范畴，每一个鱼缸都非常怪异，都是在年轻人的胡思乱想中诞生的。制作完成之后，他们就趁着夜色把鱼缸送到城堡的木阶梯上，并且在每一只鱼缸上标注上一种颜色的名称。

于是，每天清晨当龙姗姗起床后，都会看到不同的鱼缸。清晨的阳光照着那些奇怪的玻璃制品，叠加折射的光影效果不仅让龙姗姗感受到目眩神迷，那上面各种颜色的名字也会让她感到异常奇怪。

赤橙黄绿青蓝紫，一共七种颜色，这些颜色是她闻所未闻的。在她的眼里，这个世界只有黑与白，只是黑与白的程度略有不同。龙姗姗开始思考，一天下午当她和童童坐在空中花园里时，她又把那只蓝色的鱼缸举到了空中，她久久地凝视着那个形状古怪的东西，终于问出了她心中百思不得其解的问题，"这个世界真的有那么多种颜色？"

童童正盯着她的古琴发愁，她听了龙姗姗的问题，抬眼看了她一下，漠然不答。

"除了黑与白，怎么会有那么多意想不到的颜色？"龙姗姗又问，然后她站起身，慢慢走到栏杆旁边。她从空中向外望去，左边是丝碧川，右边是静碧川，中间是那道深不见底的峡谷，她眺望着两个小镇稠密的人家，心中有说不出的疑惑。

"童童你过来——"龙姗姗这时叫道。

童童走过来，面无表情地和龙姗姗并排站在一起。

"那个屋子的墙壁上是什么颜色？"她问。

"红色。"童童回答。

"那个茶楼上画的小人呢？"她又问。

"绿色。"童童说。

"那个粥铺的门呢?"她又问。

"蓝色。"童童说。

龙姗姗不解地皱起了眉,在她的世界中没有这些颜色。其实,原来的落玉川这些颜色也并不多,只是这一阵这些纷繁的颜色被人刻意地呈现出来,它们的涌现逐渐打消着人们反抗的韧性,并且暗暗逼近这个世界的中心堡垒。

"蓝色是什么颜色?"龙姗姗问。

"蓝色就是天的颜色。"童童说。

"天的颜色不是白色吗?"

"不是,是蓝色。"童童说。

"你怎么知道?"龙姗姗问。

"所有人都知道,只有你不知道。"童童简单地回答道。

龙姗姗听到这儿愣了,她难以置信地看着童童。她不相信她听到的是真的,但她也无法证实那是假的,于是她简单地说了一句:"走,让我们出去看看。"

于是龙姗姗在很多年后,在没有丝碧川与静碧川镇民的请求下,一个非纪念时刻,第一次主动走出了城堡。她依然穿着那袭白衣,她不疾不徐走到桥外,走向丝碧川与静碧川。她走过房舍、瓦墙、烟柳、溪水,她看集市,看小桥,看木船,看酒肆。童童就走在她旁边,她们一边走一边简单地交谈,她们并不谈论事物的本质而只是谈论颜色,各种各样的颜色,千奇百怪的颜色,龙姗姗认真地议论着听着,眼中充满了疑惑,她心中那个纯粹而干净的黑白世界正在发生翻天覆地的变化。

两个小镇的人们也感到了惊奇,他们先是觉得不可思议,然后就决定一定得看个究竟。人群渐渐聚集，他们隔了十步尾随在她们后面。他们想看看龙小姐要出来做什么，是什么引起了龙小姐的兴趣。龙姗姗专心致志地和童童聊着，似乎没有在意身后的人群。人越聚越多，队伍越来越长，龙姗姗在前，大家在后。庞大的队伍漫无目的地走着，可是每个人都坚信他们必然会在龙小姐的带领下找到某个神秘的目标。但是龙姗姗并没有这么做，她只是感到有些累了，于是决定走回城堡。到了桥头，她忽然发现一个年轻人站在那里好像一直在等什么，那个年轻人一看见她，就立刻叫一声，之后纵身向桥下跳去，她身后的人群也看到这一情景，马上呜地发出了一声奇怪的感叹。

"他为什么会跳下去呢？下面不是悬崖吗？"龙姗姗大惑不解地问。

"他还会弹上来的，那叫蹦极。"童童镇定地回答。

龙姗姗不可思议地听着童童的解释，一会儿之后，那个年轻人果然又被另外几个人拉了上来。当他再次活生生站在桥头时，周围的人也不禁议论了起来。此时，龙姗姗不得不承认：这个世界真的不一样了。

就在落玉川项目峰回路转之时，公司那边传闻又起。据说老板前一阵儿去参观了一个金鱼摄影展，而多年不露面的齐大先生也去了。两个老头开始互不理睬，后来为哪种金鱼是天下第一争论起来，两个人争得不可开交，旁边的人拉都拉不开。公司的人听了这个段子都感到好笑，都说，这齐大先生一辈子嘴上好强，要不是他当年那么不争气，自己家的企业也不会落到林老板手里。但是也有人持不同看法，他们说：其实人生就是人各有志，齐先生喜欢艺术与美女，林老板愿意做企业，热心于公益事业，也算各得其所。

秋天到了，但是南方的秋天并未让人感到特别的凉意。龙秋泉驾鹤西游是很多年前的事了，每年到了他的忌日，丝碧川与静碧川为了纪念他的乐善好施都会举行公祭。于是，在八月桂花飘香的一个清晨，丝碧川与静碧川的镇民按照习惯聚集在城堡之下。龙姗姗请出了龙秋泉的牌位，黑压压的众人在龙姗姗的带领下焚香施礼祭拜，待三炷香燃尽，静默的镇民有秩序地退开一段，此时管家上来摆了琴桌，龙姗姗慢慢地净手洗面，然后端坐琴桌之前，准备演奏。

这也是多年的传统，每次祭奠之后龙姗姗要演奏九首古琴曲，九字在古语中取极致之意。第一首当然是《落玉忘机》，其他八首则由镇民自由选择然后恭请。此时，但见龙姗姗衣袂飘动，左手取音，右手弹弦，琴声随即而起。那琴声一时清婉，宛如长江初流，绵延不绝。一时又跌宕悠远，反复盘旋。龙姗姗神态自若，面露微笑，指法疾缓有度。众人凝神细听，琴声至躁跃之处，有如水流湍急，激浪奔雪，众人心动神摇间，琴声竟转质而不野，文而不史之地。须臾，琴声渐为清微淡远，终至几不可闻。

曲毕，众人静默，无言无语，但见白云飞鸟，翩然而动，峡谷之中似乎生出一番绝美无比的境界。众人沉醉，几乎忘掉了一切，很长时间之后，众人才轻轻地一齐长叹一声，唉——没有掌声，没有欢呼，这声长叹是众人唯一能够表达的生逢其时的喜悦。

"各位乡亲，下面请大家点曲吧。"此时老管家按照惯例说。

众人闻听此言舒了一口气，马上交头接耳议论起来。一般情况下，大家意见纷杂，众人并不能立刻定出曲目，就在众人商量之际，一个声音响了起来。

"我来点一首。"

"好的，请讲。"老管家说。

大家闻音望去，人群中走出来的是一个年轻人。他的头发很奇怪地支着，颜色特别古怪，是一种极其鲜艳的红色。此时，年轻人走到离龙姗姗七八步处站住，然后施了一礼，朗声说道："上回龙小姐神音妙手，晚辈领教了，这回能否请龙小姐再即兴演奏一曲。"

"好的，你说题目。"龙姗姗没等众人回答就立刻答应了，她似乎是有备而来。

"这回我们的题目是《五颜六色》。"年轻人一字一顿地说。

所有的人一听全都愣了，连龙姗姗也愣了。她慢慢皱起眉，过了好一阵儿，她终于忍不住问："请问什么是五颜六色？"

年轻人听了忽然一声长笑，他说："龙小姐，就是赤橙黄绿青蓝紫啊，您难道连这个世界的真实色彩都不知道吗？"

"住口——"这时丝碧川与静碧川的人们终于忍不住了，他们齐声大叫，这个年轻人张狂的挑衅实在令人忍无可忍。龙姗姗确实是黑白色盲，但是根据传统，这被巧妙地解释成对于世界拥有某种非常纯真的看法，这是一个公开的秘密，它必须被保守。因为保守它以及按照《落玉忘机》所指定的韵律生活就是落玉川的价值观的一部分。

"你小子怎么胡说八道，你疯了吗？落玉川的人从来没有这么不守规矩的。"丝碧川与静碧川的人们接着吼道。

"可是这是实话啊，你们一辈子都不说实话吗？"年轻人奋力争辩道。

"放肆，龙小姐面前不得无理。"人们愤怒地叫道。

"可是我们支持他，他说得对。"此时涂鸦俱乐部的年轻人全都站了出来，他们走出人群，脑袋上都是奇奇怪怪的颜色，看来，这一回他们把涂鸦的地点变成了自己的脑袋，这似乎表明了他们的决心，他们不想再被人轻易地打败。

"你们难道就永远生活在一个不讲真话的世界里吗？你们为什么对一句简单的真话那么害怕？"年轻人们质问道。

"呸，我们活得很宁静，很幸福，我们从来就不曾说假话，我们只不过尊重传统罢了。"成年人们愤怒地回答道。

"不对。"这时另一个略带磁性的声音响起，陈紫心走出人群，她转过头望望无数愤怒与疑惑的眼睛说，"你们错了，你们只是习惯了假话，然后随着时间成为假话本身。"陈紫心说完，然后走向龙姗姗，走到离龙姗姗七八步之遥的时候站定。

"是你，紫心。"龙姗姗淡淡地说。

"是我，龙小姐。"陈紫心点点头。

"这些年你过得怎么样？"龙姗姗问。

"不好，多少年如一日的乏味生活，活着就等于死去。"陈紫心说。

"童童为什么要来向我学琴？"龙姗姗问。

"那是一个迫不得已的主意。"陈紫心说。

"你想要做什么？"龙姗姗问。

"龙小姐，我所做的一切，就是想告诉你，这个世界与你所看到的完全不一样，你需要重新面对现实，落玉川也必须面对现实。"陈紫心说。

陈紫心的最后一句话，终于点燃了火药桶。于是在落玉川的历史上展开了一场前所未有的大辩论。一边是少数年轻人，他们的阵营弱小，但是成员坚定，并且富有牺牲精神。一边是多数成年人，他们人多势众，拥有传统价值观，并且酷爱不讲理。还有一部分中间力量，这里面有丰绮妍的专家团队，他们暗暗给年轻人出谋划策，提供物质支持；也有一些开明的改革派，他们真的希望落玉川能发生应有的改变；再有就是一拨从来都胆小怕事希望两边都不得罪的和事佬，他们只是一味躲事，谁输谁赢完全不相干。不过中间力量太重要了，正是因为他们的存在，成年人阵营的暴力倾向被遏制了，那些成年人从来没学习过要和别人平等对话，他们长期欺弱怕硬，一旦发现自己人多，总是忍不住有打人的冲动。

辩论整整进行了三天。辩论的话题非常广泛，有特别抽象的也有特别具体的。人们讨论了传统价值观，讨论了古琴的美，讨论了质朴宁静的生活，还讨论了发展、前进、现代化、美容、涂鸦、计算机技术、化工合成的食品，等等。无疑，讨论的气氛是紧张激烈的，这不亚于一场武术派别的世纪对决。特别是在一个重大命题上，双方展开了拉锯战。落玉川的成年人认为：凡是龙秋泉先生指示过的都应该照办，凡是落玉川的传统都应该被维护。年轻人们对此坚决说了NO，他们认为在这个世界上真理是最可贵的，人与生俱来的除了生命的权利以外就是追寻真理的自由。没有谁天生就是对的，没有什么天生就光荣伟大，传统确实应该被尊重，但是传统也必须进化，转型，扬弃。

这明显是两条路线的斗争，但是人类思想中的两条路线往往意味着鸡同鸭讲，驴唇不对马嘴。人们僵持着，谁也说服不了谁，谁也不肯投降，让出阵地。辩论不分昼夜持续了几天，人们累了就回家吃饭睡觉，醒了之后就匆匆洗把脸过来接着辩。人们在家的时候依然同在一个屋檐下睡觉同在一张饭桌上吃饭，可来了之后就可能分成不同的阵营舌战到底。这颇像外面的世界中，共和党与民主党的风范，久久相斗又最终不失一家亲。人们也终于讨论到了落玉川的历史伤疤，那就是丝碧川与静碧川的决裂，这个根深蒂固的矛盾引起了人们许多伤感的、愤怒的、痛苦的情感，人们在有关分裂的历史迷局中探索着，徘徊着，思考着。终了，没有一个人说得清是非，因为是非本身早已在岁月中灰飞烟灭，只有分裂作为一个事实存在了下来。意外地，人们在这一点上竟有了共同的意识倾向，在辩论中，大家逐渐认识到分裂对于落玉川不是一件好事。

龙姗姗一直听着人们辩论，她端坐在桥头思考着。人们此时已经无法顾及她，只是专注地一对一，多对多，阵营对阵营地相互嬉笑怒骂。龙姗姗依然像世俗之外的仙子一般在冷静地观察着人们。几天之内，她数十次往返于城堡与桥头间，这个次数完全多于她一生中的往返。某一天当她回到城堡后，来到二层的空中花园，童童正无聊枯坐，盯着古琴发呆。龙姗姗凭栏眺望，只见城堡之下密密麻麻的人群暴侃着人生与真理，传统与未来，那"嗡嗡"的议论声传遍了落玉川的大街小巷，河流山谷。

龙姗姗走到自己的琴前，迟疑之间她低下头轻抚琴弦，那琴弦叮咚两下之后，戛然而止，龙姗姗的手滞于空中，眉头紧锁。

"我实在不明白五颜六色是什么意思。"龙姗姗少有地绝望地叹了一口气。

此时，童童僵硬的姿势一松，她的手指忽然灵动地摆动起来，一段乐曲薄然而出，它活泼、欢快，虽不完整，却充满着不可言说的活力，龙姗姗侧耳细听，须臾，曲毕，童童大大地喘了口气，似乎刚刚完成了一个不可能完成的任务。

龙姗姗转过头，看着童童脸上那种与她的年龄不相符的沉静，此时她眼中涌上一层泪水，她说："懂了，从你的琴声中我确实听出了五颜六色，看来真的有另一个世界。"

童童看了她一眼，很镇定地说："世界有很多种，每个人都有一个缤纷多彩的世界，而你只有一种黑白世界。"

龙姗姗沉痛地听着，她叹口气说："原来是这样的，难道他们说的都是真的？甚至连那个合同都是真的？"

童童听了撇撇嘴，不屑地说："那是当然，你父亲当年为了治你的病花光了所有的钱，他最后只好卖掉落玉川。"

龙姗姗听了沉默很久，她确实回想起来，她小时候曾有许多医生来到城堡看她，只是她从来不知道为什么。

"童童有一件事，我得告诉你，你出徒了，小小年纪就不再有园囿，而是有了自己独特的世界。"龙姗姗这时说。

童童听到这话并没有什么高兴，她平静地回答道："那是我的芯片出徒了，他们把它刷新了，让它更具人类的创造性。"

龙姗姗这时站起来，她走过去，走到童童近前，蹲下，她听不懂童童在说什么，但是即使作为仙子，她依然不能忘情，因为对于音乐的热爱，她替童童感到发自内心的欢欣。可童童还是那么冷静，作为外面的世界中最高科技的产品，她无动于衷。她并不在乎人类的音乐会怎么样，她的生存本能只是使她一直盼望着，某一天有人能取下她脑中的那个芯片，让她忘掉曾经的一切，成为一个活生生的自己。

　　几辆汽车缓缓开到桥头停下，风行集团的专家们纷纷下了车。风轻云淡，丰绮妍特别选择了这么一个别具秋意的日子，来进行一场具有收获意义的谈判。其他一些被邀请的人也到了，有陈紫心，有法院的人，有涂鸦俱乐部的年轻人，以及一些闻讯赶来的落玉川的居民。

　　这一天注定要成为丝碧川与静碧川改变历史的一天。丰绮妍和她的团队全都西装革履，他们带着一种十足的商业精神与多元态度走向这个封闭世界的中心堡垒。陈紫心则素面朝天，她的打扮朴实无华，心中充满复杂的情感。年轻人在后，他们朝气蓬勃，壮志昂扬，这正是他们参与的历史，也正是他们经过奋斗，成功地改变了历史，他们在人生中第一次作为塑造者成为历史的主人。法院的人则在最后，他们是抱着一种难以置信、将信将疑的态度来看个究竟的，人们所传说的一切可能吗？这个世界会改变吗？那些牌位不都依然矗立着，那些传统不正在蓬勃运行吗？

　　丰绮妍与陈紫心并排走着，在落玉川这个最大的历史事件中她们成了最坚定的同盟军。她们来到城堡之下，抬头向上望去。城堡依然巍峨，顶部高耸入云，它还是那样坚固、伟岸，它代表的过去依然具有巨大的召唤力。人们齐步走上木梯，走到大门前，坚决叩响了木门，大门打开了，这一回应门的不是别人正是童童。

　　陈紫心看到她女儿的第一眼，眼睛就湿润了，她忽然之间心绪难平，哽咽了一会儿才说："女儿，妈妈来接你了，以后你再也不用在这里待下去了。"

童童看了她母亲一眼淡淡地说:"你早该来——"

"童童,龙小姐在哪儿?"丰绮妍问。

童童向里努努嘴,人们按照童童的指示静静走入大堂。大堂里空无一人,木屋的中央挂了一张龙秋泉的油画肖像,这个落玉川的缔造者威严地注视着人们。

"龙小姐在三层,云天阁。"童童这时说。

人们点点头,然后跟着童童向云天阁走去。盘转在亭台楼阁之间,渐渐地,人们听到一股琴声,那琴声简单、平静、含蓄、清远,无繁手,无极端,丝毫不求变化,就好像一个人于香园小径之中,独自徘徊,既不悲亦无喜,反倒露出一片清和淡雅,古淡疏脱。

此时,丰绮妍看了陈紫心一眼,陈紫心会意地摇摇头说:"此曲并非成曲,我们不妨细听。"

众人闻言遂停了脚步,屏息静听。那曲继续着,意随境迁,一会儿拟唐人诗意,一会儿又倚宋人词句,信手拈来,似乎完全是摘句而弹。众人眼前的场景频频辗转,忽而稚矜浅笑,忽而静远萧散,忽而雅正中庸,忽而自为隐逸。陈紫心不禁点了头,恍惚之间她看到天地中峡开雾散,烟柳下清泉湍石。她想起了自己的人生,想起她曾钟爱的古琴以及她生命中烂漫的文化,此时,她的眼睛再次湿润,一种发自根本的喜悦与悲伤同时涌上心头。音乐止了,于无止之处止了,所有人都看着陈紫心,陈紫心深深地叹了一口气,她静下情绪,作为落玉川第二古琴高手,说了一句心悦诚服的话:"琴由心生,大乐唯心,龙小姐完全忘掉了一切,已臻化境。"

丰绮妍冷静地听着陈紫心的评价,然后问了一句更加冷静的话："这妨碍我们执行合同吗？"

"当然不。"陈紫心摇摇头说，"该怎么办就怎么办，绝不能手软。"

众人终于走进云天阁。云天阁的窗子四散打开，从窗中望去，远处的青峰、田野，近处的白云、峡谷均历历在目。龙姗姗气定神闲坐在琴桌之前，仿佛俗世中的仙子。她的头发全部白了，只是她的面容依然那样年轻，神情宛如处子。

"你们来了？"龙姗姗淡淡地问。

"来了，龙小姐。"丰绮妍和她的团队恭敬地说。

"紫心，你也来了。"龙姗姗又说。

"是的，龙小姐，我也来了。"陈紫心回答道。

"你们一定是来摊牌的吧？"龙姗姗问。

丰绮妍和她的团队对看了一眼，然后回答道："是的，我们来兑现合同的。""那个合同真的存在吗？"龙姗姗问。

"当然，它存在，如同真理一样存在。"丰绮妍回答说。

龙姗姗听了微微一笑说："在我看来，你们不仅是兑现合同，你们还是来改变历史的。"

"龙小姐，作为商人我们只打算兑现合同，但有时历史因此而改变，也是迫不得已的事。"丰绮妍说。

龙姗姗听了沉思了一会儿，有些迟疑地说："也许吧。也许历史会因此改变，也许历史还是沉默不语。"龙姗姗一边说一边把手放在琴上，她爱抚一般抚摸着琴弦，过了很久，她才又说："似乎是有那么一张合同，它存在几十年了，只是我从来没把它当真，从来对它视而不见。"

丰绮妍随即看到了龙姗姗拿出的一张合同，那合同用细细的小楷写在一张羊皮纸上，下面还有齐为一与龙秋泉的签名，合同细节与丰绮妍手中的几乎一模一样，除了一个"永驻"条款。在龙姗姗保存的合同里，"永驻"条款是这样规定的，落玉川可以属于齐为一，但是前提条件是龙姗姗必须永远居住在城堡之中。

丰绮妍看完合同愣了，这是她没有想到的，她和专家们迅速分析了两份合同，一时无法断定哪个是真哪个是假，特别是该如何应对那个永驻条款。但是，这时龙姗姗淡淡一笑，她说："合同的事不必烦心，我自己已经明白了一切，我承认合同是真的，你们随意处置吧。"说完，龙姗姗站起身，分开众人，扬长而去——

瞬间之后，白云从四面渐渐涌入云天阁，群鸟震天鸣叫，整个峡谷都跟着震颤了起来。

龙姗姗自觉地走出了旧桥城堡，她以一个典雅的贵族气质承认了合同，没有给丰绮妍他们添任何麻烦。

丰绮妍胜利了，这是一场来之不易的胜利，当她独自站在云天阁向外眺望时，她确知自己真的改变了历史。落玉川的人们知道了事情之后，他们愤懑、不满、抗议、痛苦、绝望，可是当这一切预料之中的反抗结束后，人们十分意外地平静了，他们没有进一步行动，而是迅速地擦干眼泪，抹平心中的伤口，飞快地接受了新的生活。这就是现实，是那场辩论产生的结果。从那场辩论中，人们的思想解放了，他们知道，对于某种亘古不变的价值观的摆脱，让他们失去的只是锁链，获得的将是有关自我的整个世界。

但是就在丰绮妍设计新桥结构的时候发生了一件小事。那一天已经卧病在床的林志峰把丰绮妍叫到了医院。走进病房，丰绮妍看到床上的林志峰已相当憔悴，他们屏退左右密谈了整整一个小时，林志峰交代了公司的许多事情，后来林志峰偶然提起，根据他最近对地质学家范之同的文本研究，他发现了范之同的一个重要推论。范之同认为发生在落玉川的裂缝一直在扩大，在漫长的地质时期内将不会停止。因此，如果按照范之同的说法，公司无论在裂缝的两边建立起多么坚固的大桥，它迟早都是要被裂缝拖垮的。

"所以，为了公司的利益，我们不应该再造桥了。"林志峰说，"反正，龙姗姗已经认输，落玉川已经是我们的了，我们没必要再损失一笔钱。"

"可是，老板，如果我们想在落玉川建设一个新世界，我们就必须建一座新桥，它可以把一个割裂多年的世界重新连接起来，让它重新成为一体，这是多么富于象征意义的一件事，这不正是你所说的一个伟大设计师的真正工作梦想嘛——创造一个新世界。"丰绮妍憧憬地说。

"没错，这正是一个伟大的设计师的梦。"躺在病床上的林志峰此时眼中也闪起了光。不过过了一会儿，他又平静下来说："但这仅仅是一个人的梦，也许还是落玉川居民们的梦。但是从公司整体的商业利益上来看，梦想如果不能改变收益，它将毫无意义。因此不管我们曾经多么努力，有时，经过计算，我们必须学会放弃。"

"明白了，老板，您的看法让我心悦诚服。"丰绮妍信服而认真地点点头。

密谈过后，丰绮妍走出了病房，她在门外碰上了与她熟识的主治大夫。主治大夫和她谈论了林志峰的病情，听完他的汇报，丰绮妍有些沉重地说："我完全同意你的意见。老板的病真的不轻，看样子为了救他，我们别无他法，只好使用芯片技术了。"

"是的，丰小姐，我觉得你的选择是正确的。"主治大夫点点头说，"既然如此，我们马上准备手术，林老板没有儿女，你是他最信任最亲近的人，何时开始手术当然听你的吩咐。"

跨越丝碧川与静碧川的新桥终于落成。它宏伟，壮观，现代，它不仅是一座桥，还是一个豪华的峡谷饭店。原来云天阁的位置是饭店中最奢靡的总统套房，坐在那里拥有至尊的三百六十度景观，完全可以俯视整个峡谷。

丝碧川与静碧川在各种合力中最终妥协了，由于新桥的建成，它们又融合成为一个整体。没有人知道新桥早晚还是要塌，但人们总算和解了，他们不再争斗，而是开始拥有共同的生活目标。

很快，落玉川的旅游变得闻名遐迩，小镇的居民开始办起了个人旅馆和民俗旅游。人们逐渐有了钱，他们盖房子，换家具，买汽车，偶尔还去泡刚开的夜总会。一切都好了起来，一切都发展了，唯一的小毛病是，人们把过去忘得一干二净，没人再谈论古琴，再谈论宁静质朴的意义。人们之间不再有真诚，也不再有道德，钱成为一切的标准，小镇变成一个渴望装满钱的大大的垃圾桶，除了贪婪闪烁之外还不时地臭气熏天。

龙姗姗落到了凡间，根据多方协商，风行集团为她盖了一座小小的古琴博物馆，她从此怡然自得地住在那里，不以物喜，不以己悲。为了自食其力，每当有游客来参观时，她都会主动给人们表演古琴，每个游客只收五块钱。大部分时候，游客们听一会儿，就会觉得琴曲单调乏味，声音散漫，没什么意思，他们往往很快就抬脚离去，心里暗骂这是在骗人。而龙姗姗却不见怪，她想：只要人家给了钱，就得给人服务好。因此不管别人听与不停，她总是那么认真地弹，总是那么忘情地沉浸在古琴的世界里，琴梦人生。

童童离开了落玉川，她在丰绮妍的帮助下到外面的世界去读书。因为设备优良，她显示出了超过一般孩子的聪慧、坚毅和永不退缩。小小年纪，她一边学习一边打工，后来她用自己挣来的钱刷新了自己头脑中的芯片，全部删除了有关古琴的一切，装入漫画、音乐、科幻，还有一切自己想要的东西。

陈紫心又多开了两家洗衣店，她的生活很平静，她从不后悔自己做出的选择。她有时会让人把龙姗姗的旧衣服取来，洗干净熨平之后再送回去，这是她唯一与过去保持一点联系的行动。她默默承受了人们在享受着现代化成果的同时，为了撇清他们自己，刻意给她加上的引狼入室的骂名。

丰绮妍最终坐在了林志峰的位置上，她成为风行集团不可置疑的第一设计师。没有人知道林志峰是否得到了他梦寐以求的九种金鱼，只是知道老板已经变得很宁静，很愿意睡觉。丰绮妍成功地给林志峰装上了生物芯片，她刷新了他部分的记忆，这使林志峰很安心很快乐，他真的以为他曾经很爱他的太太，并且她也真的死于一场毫无预感的车祸。而一直被林老板排除在外的齐大先生，也在丰绮妍的软硬兼施下，签署了一份股权转让合同之后移居国外。现在，丰绮妍掌控了一切，眼下要做的就是等待。她坚信当林志峰再次醒来之后，也会把他手中风行集团的股份无偿转让给她。因为那是电脑芯片中写好的，林志峰一定会照办，机器的稳定性可是远远强于人类。

这是这个时代的另一张城堡契约，每个时代都有这样的契约。

某一天，一个追随丰绮妍很久的公司管理人员来到了她的办公室，来人亦步亦趋，手里小心翼翼地捧着一只鱼缸，透明的鱼缸中一条鱼翻飞游动。

丰绮妍两脚优雅地搭在桌上，舒服地坐在老板椅中。来人恭谨地走过来，

把鱼缸放在她的面前，只见那条鱼鱼体纯白，体侧有两条黑色竖线，眼、嘴还有尾鳍则是纯黑。

"这鱼叫什么?"丰绮妍问。

"这叫熊猫金鱼。"管理人员说，"这就是林老板梦寐以求的九中金鱼中的一种，据说世上寥寥无几。"

"真美——"丰绮妍看着那条鱼不禁感叹地说了一声，然后她指着鱼又说："你说这个世界有真正的黑与白吗?"

"丰姐，你说有它就有，这个时代已经是你的了。"管理人以一个惯常的马屁精的神态坚决地回答道。

丰绮妍听到这儿忽然大笑起来，她越笑越急，越笑越放纵，她已经很久没有这么愉快了，她头脑中固有的程序一直在压抑她固有的感情。须臾，丰绮妍停止狂笑，她伸出手推开金鱼，缓缓地说："这个我不要，我不想玩物丧志。"

丰绮妍随后恢复了正常，她重新陷进老板椅，双腿又抬起搭到桌上，她轻轻晃动着她的黑色高跟鞋，接着说出了我们人类思想史上的一句伟大名言："只有两种东西，我对它们的思考越是

深沉和持久，它们在我心灵中唤起的惊奇与敬畏就会日新月异，不断增大，这就是我头上的星空和心中的道德定律。除了这两者，我什么都不感兴趣，我一无所有。"

《人民文学》2009年第7期

长江为何如此远

林　白

一、黄冈

"为什么长江在那么远？"今红问。她来到黄冈赤壁，没有看到苏东坡词里的"惊涛拍岸，卷起千堆雪"，岩石下面是一片平坡，红黄的泥土间窝着几摊草，有一些树，瘦而矮，稍远处有一排平房，墙上似乎还刷着标语。

本来认为长江就应该在赤壁的脚底下，周围应该奇绝阔远。其实很多年前她来过一次，但当年的记忆禁不住乱七八糟的东西反复冲刷，二三十年下来，复又觉得，到了赤壁肯定就会看到惊涛裂岸的壮阔景象。

很多年前似乎，她突然想起，多年前，她似乎也问过同样的话。"为什么长江在那么远那边？"她那时扎着两根羊角辫，她伸直胳膊，伸出食指指向江水的方向。那时候，大学已经上了三年多了，今红身上还是一股子乡下女孩的土拙气。"为什么长江会在那么远?"今红听见林南下回答她：因为长江已经多次改道了呀！林南下浅浅一笑，她脸上的梨涡随即现了出来。大群大群的燕子从两人的面前飞来飞去。

对今红来说，大学简直就是一笔糊涂账，灰秃秃的一片，一眼望去，既琐碎又凌乱，看不到什么轮廓。

想起来，只有跟南下去黄冈赤壁是有头有尾记得的。

很多年前。大三。是最后一个国庆，人人都拼着要去玩。三五成群。日子还没到，走道、自习教室、寝室、食堂和食堂外面的法国梧桐树下，到处都有兴冲冲的男生或女生，脸上一副奔走相告的样子，嘴里"庐山"长"庐山"短的。而庐山也确是激动人心，李白"飞流直下三千尺"，毛泽东"乱云飞渡仍从容"。还有蒋介石的"美庐"，宋美龄，一生奢华的女人，用牛奶洗澡。想到美庐的浴缸里满满一缸牛奶，使人又愤慨又兴奋。

寝室里整日嗡嗡响着"庐山""庐山"，如何去，乘火车或坐轮船，要不要在九江住一晚，一共要玩多少天，大概要带多少钱，等等。她们并不邀今红一起去。她生性孤僻，别扭。况且她拿着助学金交伙食费，也不会有去庐山的闲钱。她们在兴头上，想不到要体谅今红的心情。几个人从早到晚眉飞色舞。

林南下去过两次庐山，她家在上海，高考前在鄂州的一家工厂。得知高考恢复的时候，已经怀孕七个月。生孩子，断奶，复习，考试，艰苦卓绝。

南下喜欢跟小她十岁的今红在一起。春天入学，树枝上有残留的樱花，林荫道的尽头有一轮又圆又大的月亮，金黄色的满月异常动人，路灯只有一盏，在远处。润泽的月光直接照在南下的脸上，她的眼睛像藏着某种可燃物质，明亮深邃，而且激情，而且单纯。她生完孩子身材没完全恢复，但脸是清癯的，有着某种精神性，又不失女性的柔美，同时她又有一种骄傲，但这种骄傲没有攻击性，不伤害他人，它并不指向具体的人和事，而是一种对自己的高度确认。即使不在月光下，今红也认为林南下是她们班三十多个女生中最好看的。她不同凡响。月光下的树影中，她的声音断断续续，念头，上大学，超龄，太不甘心，最后的机会，写了一个晚上的信，招生的人，长信，十页信纸！

今红不明白南下。她比南下小整整十岁呢，还是从乡下来的，她怎么会跟今红说这些掏心窝的话。"给招生的人写了一封长信"，这太不符合林南下的骄傲了。

四年间，南下总是找今红听她说话。校园在湖光山色中，樱树、桃树、法国梧桐、银杏树、枫树、槐树、柳树和紫荆树的枝叶映掩间，南下跟今红说了她准备申请入党，认为这是改造社会的一条有效途径，很快她又痛苦地告诉今红，她决定放弃入党。这是在大一。大二那年，她父亲去世，今红陪她在校园里走了大半夜，她反复说：他才六十岁，才六十岁，还很年轻啊！今红像回声似的应道：是啊是啊很年轻。其实她不太明白，六十岁怎么还年轻呢？南下说她爸爸刚刚获得"解放"，去年他还专门到江西，看那个他在"文革"期间被关押了三年的监狱。而她之所以叫南下，就是母亲在解放军南下的行军路上生的，她在母亲的肚子里一路从北到南。到了大三，南下的话题变成了考研究生，到了最近，则是考公费留学生。她们在校园一圈圈地走着，草间的泥土小路、砖石甬道、水泥林荫道，依山的重重叠叠的阶梯，从澡堂回来的路上，她被蒸汽蒸红的脸和天然卷曲的短发，直至紫色和绿色的琉璃瓦屋顶，这一切往昔的事物现在越过了很多很多年的光阴，来到黄冈，来到了东坡赤壁。

　　林南下仔细地给同屋们的庐山之行提了建议，"三天就够了，其实两天也是可以的，完全没有必要在九江停一夜"，她那么肯定，那么胸有成竹，那么见多识广。快熄灯了今红还在盥洗室洗袜子，她磨磨蹭蹭地不想睡觉，直到南下来刷牙。南下说国庆几天她要回鄂州看看，今红不如跟她一起去，还可以到东坡赤壁看看，去庐山的人很多，赤壁向来没什么人去的。今红骤然高兴起来，大江东去浪淘尽，千古风流人物，再也没有比这更令人心胸开阔的了。

　　她们从武昌站乘短途列车去鄂州。绿色的皮革，九十度笔直的靠背，整列火车都是硬座，人并不挤，都有座位，她们也很快找到两个挨在一起的位置，是三人座靠近过道的一头。对面座是一个打扮有点奇怪的妇女，她年龄看来不小了，却还像今红那样扎着两根羊角小辫，辫子也编得不利索，有几缕是散的，显得她的脸有点脏，像是有两天没洗，她穿着一件男式的旧工作服，袖口磨得稀薄并且脱了线。她漠然地看了坐下的南下和今红，立即扭头对着窗外。另外还有两个老头，一黑一白，黑的那个很瘦，眼睛是红的。两个都不讨人喜欢。

　　如同在任何地方，今红跟着南下心里就不慌张。即使去集体澡堂洗澡，也是因为南下才算闯过了心理关。在众目睽睽之下脱光衣服，同样在众目睽睽之下和几名赤身裸体的女人抢着用一个喷头冲洗身上隐秘的地方。滑腻腻的身体要碰到另一个同样滑腻的身体，真是让人心惊胆战。蒸汽腾腾，头发湿淋淋地贴在脸上和眼睛上，气都喘不过来，像一只鸟掉进了水塘，翅膀又湿又重，怎么扑腾都飞不起来，脚下也滑，时不常就一趔趄，额头上弄不清是汗还是水。这时候南下的声音出现在岸边，她伸出一根树枝，树枝温暖地微笑：今红今红。今红循声而去，绝处逢生。

对面那个穿男式旧工作服的妇女坐得很不安，还不停咳嗽，她皱着眉头，既焦灼又茫然。火车在徐家棚站刚刚停稳，她忽地就站了起来，她双手揪着自己衣服的前襟，摇摇晃晃地往车门走去。今红说：这个人走路的样子真奇怪！忽然她听见有人喊道："摔倒了！"又有人惊呼："快看血！"一阵骚动。今红站起身往窗口张望，有人正在把那妇女抬到站台的一张椅子上，她身下有一摊血。有人在站台上跑来跑去地喊着什么，而火车很快就开了。

黑肤红眼老头连说晦气，他的呸呸骂声在座位上飞来飞去像黄昏的乌鸦在盘旋。今红发现，在她的对面，刚刚那妇女坐的位置上有一摊血，像红油漆那样，黏稠、发亮。今红觉得一阵恶心。听见南下说，流产，宫外孕，没有人保护。今红惊着木着，腿是软的。真正成摊的血只是小时候看见过。武斗，十字路口，几截砖头和几摊血，很久很久以前。

今红坐了一会儿，起身到别的车厢找位置。没找着只好又回来。那个黑老头用脚蹭着报纸擦那摊子血。报纸被蹭得很脏，鲜红色的血衬着座位的绿色，看起来是暗红的，有一只苍蝇盯在上面，老头一边蹭一边骂道：他娘的，真不要脸！倒了八代霉。

到了鄂州，她们先到南下原先工作的工厂。因是节日，宿舍区里有不少闲散的人，三三两两的，四个五个的，门廊有人围着打扑克，球场有人在投篮，篮球气打得很足，在水泥地上弹得"咚咚"响，房前的空地牵了绳子，上面晾着鲜艳的床单和白色的蚊帐，都还滴着水，江风吹过来，湿床单"猎猎"地响，孩子们在帐幔间追跑雀跃，水龙头边的空地上还有人在洗衣服，一只大木盆里堆着颜色混杂的衣服，女人坐在矮凳上半抬着屁股，一下一下地把力气用在搓衣板上，饱满的泡沫溢到地上，变得稀烂，她踩在脏水里浑然不觉。

南下管这女人叫小陆，小陆眉眼清秀，轮廓分明，笑起来很俏。南下问她：你们陈陆奇呢？小陆大声说：跟他老子玩呢！一边抻着脖子四面巡睃，她亮起嗓子喝道：陈大路！过来！一个五短身材的男人应声就跑到了跟前，他刚和南下打完招呼，小陆又命他把陈陆奇带过来。一会儿，一个三四岁的男孩慢吞吞地过来了，他一只手拿着饼干啃，另一只手抱着一只绿皮的橘子。小陆很满意地看着这一大一小，和南下扯了几句闲话。

她们往宿舍区深处走，南下断断续续说着小陆。广西桂林人，在茶场采茶的农工，陈大路，厂里的采购员，两人南北隔着千把里。火车上认识，竟真的结了婚。全厂上下，人人称奇，说一朵鲜花不远万里来到鄂州，插到陈大路这样一堆牛粪上，真是不可思议。陈大路三十二岁，老大难，全厂爱管闲事的妇女，张罗过一个班的对象，统统都吹了。这下好了，生了一个儿子，叫陈陆奇，意思是两个人的奇迹。

今红并不认为这事有多少奇迹，它的戏剧性比林南下本人还差得远呢！在妈妈肚子里，解放军的大木船，炮火连天，船帆上的弹洞，渡江的滚滚浪涛，上岸时的冲锋号，像电影一样。今红见过南下上中学时的一张照片，她划着一艘单人赛艇，这种奇怪的船又窄又长，窄得不合比例，长也长得不合比例，两头是尖的，南下坐在中间，她那时真年轻，意气风发，脸上是一副以天下为己任的神态。然后，她去了北大荒，难以想象的地方。无比的遥远，无比的荒凉，超乎寻常的艰苦和严酷，零下四十摄氏度，吐一口唾沫就会结成冰，也许有狼、火灾、意外的伤亡，更多的是绝望。这些都像某种神秘的东西，被今红揣测着，成为南下魅力中最有重量感的那部分。然后，她竟然又到了鄂州这样的地方，这样一个庞大的工厂，她竟然会开机床呢！她怀了孩子，却又参加高考，成了她们班除老顾之外年龄最大的女生。

她还见过陈学昭，那个在现代文学史里深埋着的传奇女作家，那时陈学昭住在杭州，妈妈带南下去看她，一个偌大的房间，正中放着一张桌子，四面都是空的。陈学昭皮肤白皙细腻，穿着一件藏青色双排扣列宁装，南下觉得这种颜色的列宁装特别有气派，而她妈妈的列宁装是灰色的。她说了什么呢，南下的妈妈名字里有一个昭字，陈学昭说，我就是学你嘛，学昭。

当然，类似的奇迹在她们班比比皆是，由于平均年龄全校最大，所以班里集中了全校最多复杂经历的大龄学生，这些不同凡响的同窗们入学前曾经是医生、翻译、记者、裁缝、泥瓦匠，此外还有众多工人众多知青，若干军人，真正的应届毕业生只有小郑一个。小郑刚满十七岁，从甘肃农村考来，他的脸总是红彤彤的，嘴唇鲜艳，唇红齿白，头发浓黑，他天真纯朴地走在通往饭堂的小路上，他的裤腿总是短一截的，他还在长个呢！学长学姐们凝视少年小郑，目光既羡慕又慈祥。同窗中的医生虽是街道医院的，但她出身于医学世家；翻译也是自学，却懂得六门外语，英语、日语、俄语、越南语、朝鲜语，还有一门是世界语，外号"博士"；记者，是在一家有着上万人的大型企业的内部报纸供职；那个来自成都的裁缝，他文理兼修，读的书比谁都多，他瘦高、驼背，戴着深度近视眼镜，寡言，一旦开口，话说得不知有多犀利，外号"思想家"。其余各人，从工厂来的，就有当了车间主任的，从农村来，也有当大队党支部副书记的，从部队来的老高，居然是副营级！有孩子的有七八人，从部队转业又到工厂当了车间主任的老魏，是一儿一女两个，从孝感农村来的老刘，是两女一男三个！班上简直应该办一个幼儿园。

比今红大四岁的励宪，她会微笑着问：小今红，1973年你在哪呢？今红答道：我刚刚上高中啊。励宪说：这年我插队都四年了。她的微笑比刚才更动人了，她说：我再问你，1975年你在干什么？今红答：高中毕业我就下乡插队了呢。励宪说：你看，你当学生的时候我是知青，你当知青的时候我是当带队干部，1975年，我从工厂抽去带知青。她笑得露出了几颗整齐洁白的牙齿。正因为如此，今红的所有缺点都会得到原谅，她做错的事，性格上的毛病，她的不懂事、自私、乖张、别扭，一律受到温和对待。她们最多只是有点忧虑地看着她，从来不说半句责备的话。她们更多的是微笑。

这个世界有如此多的悲哀和烦忧，她们为什么能常常微笑？

今红感到，这都是一些优秀的人，是世界坚硬的骨头，经得起风雨磨损的时间，所以她们即使比今红大了十岁，她们的朝气

线，话讲得飞快，手指也动得飞快，手上的活儿一点不耽误。房间里有一个新打的大衣柜，另有一只光板木箱一只皮箱几只纸箱垒在角落里，挨着箱子有一只三层的简易书架，上面放着不少书。今红望望南下，她正和小肖说得起劲，今红便自说自话起身到书架跟前。

书放得杂乱，逐格看过去，有颜色发暗的旧课本，《代数》《几何》《历史》《地理》，有一本《资本论》，有一本京剧《沙家浜》，还有几本《朝霞》和几本十六开本的《文艺报》，在今红看来，最像样的书是《光荣与梦想》和《宇宙之谜》，但不知为什么，这两本书都放在最下一格，而且所有的书都落了一层灰尘。

抽出《宇宙之谜》，翻开扉页，只见上有一行字：罗少新，一九七五年五月购于上海。这个罗少新是谁呢？翻开一页，题记：辽阔的世界，宏伟的人生，/长年累月，真诚勤奋，/不断探索，不断创新，/常常周而复始，从不停顿；/既忠于守旧，/又乐于近新，/心情舒畅，目标纯正，/啊，这样又会前进一程！歌德，《上帝和世界》，在"辽阔的世界，宏伟的人生"下面有铅笔画上了道道，今红接着翻这书，看到用铅笔画了道道的还有不少，"我们的太阳是无数个会毁灭的天体中的一个；我们的地球是为数甚多的围绕太阳运转的会毁灭的行星中的一个""一个人在会毁灭的有机的自然界里只不过是一粒极其渺小的原生质""爱虚荣的人类往往误入迷途""对经验的片面的过高估价，如同对思辨的片面估价一样，都是很危险的谬误"。这些句子被铅笔选中，从一片黑色整齐的铅字中浮出来，显得格外精彩。

今红正看得起劲，忽然婴儿哭了，"啊哈啊哈"嫩嫩的奶声。小肖看了一眼，也不起身，只用脚在大竹筛的顶头蹬了几下，竹筛左右摇晃起来，今红这才意识到，这原来是一个摇篮。今红从来没有见过摇篮，老家的妇女都是用背带把孩子背在身上，不背的时候就把孩子放在大床上，她想象中的摇篮，是一个藤编的椭圆形浅筐，用一根粗绳子悬挂在屋梁上，轻轻一碰它就颤悠摇晃。今红端详这只竹筛，发现它的底部有一根碗口粗的木棒，小肖就是蹬这根木棒使竹筛摇晃起来。这种摇晃硬邦邦的，"咯噔咯噔"的两头撞击，这能使婴儿安静吗？就像应验今红的想法，婴儿又闹起来，这次哭得更响了，声音又委屈又娇嫩。小肖只得停了手上的活儿，她探过身去一摸，说，怪不得，尿了，人家不舒服。她便给婴儿换尿片。

从小肖家出来中午都过了。她们这才动身去渡口，准备过江到南岸的黄冈赤壁。

工厂就在长江边，她们沿江步行去渡口。是多云天气，不晒，也不热，两人都是穿着一件长袖单衣，南下挎了一只帆布挎包，里面装着她的海鸥牌相机。到了户外，今红身上轻快起来，话也多了，东问西问的。还问到了那个"罗少新"，南下说他是小肖以前的男朋友，后来回了上海，两人散了。

走上通往渡轮的铁板时，今红想起两年前她也乘过一次渡轮，是从武昌过江到汉口。那次是去武汉展览馆看星星画展，大学二年级，著名的星星画展来了，那时学校里各种学生社团风起云涌，校外活动也来来去去，一阵呼啸接另一阵呼啸，班里总会有人跳出来当领头，召集班中同好，事先把票弄到手，再让制作假票的高手紧急作业，这件事在她们班早就轻车熟路，墨水、刻版用的萝卜、稍厚些的纸，如果颜色不够地道，就用烟熏一下。

每次都百发百中，今红就用这种票去洪山礼堂看过几场内部电影，《解放》《山本五十六》《啊，海军》，以及那部《狐狸的故事》。还在李德伦来学校讲过怎样欣赏交响乐之后，到省歌剧院听了下半场贝多芬命运交响曲。但星星画展，没有人出面招呼大家去看，汉口太远了。南下对星星画展没兴趣，是同宿舍的汉口女生，约了今红，逃了下午的课。

那次乘轮渡真是难受啊，春天，穿得有点多，燥热，晕船得很，好像还吐了几口。"孤帆远影碧空尽，惟见长江天际流"的长江没看见，只记得脚下摇晃着，头很重，近处看到的长江，不过是一片叠一片的黄黄的浊水，"跟黄河一样"。

不像这次，这里的长江最像长江了，两岸开阔，没有一幢高楼，要知道，在这样天远地宽处建一幢高楼是最丑陋不过，生生会毁了那个"星垂平野阔，月涌大江流"。水虽浊，却不黄，厚厚的从远处涌来，再连绵不断地向远处奔去，江面真是辽阔啊！风也从远处吹来，是浩荡之气。到了江心，今红看到远处有几只白色的水鸟在江面上飞翔，一会儿高，一会儿低，斜着掠下去，再猛地腾起来，既灵活又很有力量的。今红就想起了海燕。"这都是些什么鸟呢？"她问南下。

"江鸥。"南下回答。

"江鸥为什么不停地飞？"她又问。

"嗯，它们大概，把飞翔当成了故乡。"南下用了这句近似诗歌的语言来回答今红的提问。那是一个诗歌的年代，南下从来不写诗，但她像所有老三届的人一样，熟读普希金和莱蒙托夫。

渡轮斜斜地向对岸驶去，它破开连绵的江面，尾部翻滚着两道厚厚的浪花。对岸有一片柳树，远远望去是低矮浓密的，但渐渐它就显得高些了。柳树下面是土质的江滩，有零星的绿色，是一丛一丛的草和低矮的灌木，有几只水牛在吃草。

到了长江北岸的黄冈，步行了大概二三十分钟，她们来到一处小山冈跟前，土是红的，一面有石壁，山上有房子和树。她们沿着台阶往上爬，一侧是高高的砖墙，墙脚往上三分之二都刷了灰色，再刻了长方形的大格子，墙的上部三分之一刷的是石灰，陈旧的灰白色墙体水痕斑驳。接近墙头有几方很精致的墙窗，灰白色的砖花组成的透孔上再压上一个深灰色的砖花，这一深一浅的两组砖花的摆放也很讲究，是花插着的，一个是凹进去的菱形，相邻的另一个就是凸的方形。墙头上方半尺高有一溜墙檐，搭着密密的灰瓦。南下停下来看了一会儿，说，这墙窗的砖花有灰有白，跟这面墙是呼应的呢！就是太文人气了。

墙脚有一层暗绿的青苔，脚下的台阶时凹时凸的，虽是下午，但天是阴的，也没有什么游人，一停下来就感到森森的凉意。她们几分钟就到了一个有拱顶的门，上方镶着的大石板刻了两个篆体字，今红没注意，她看到门头上还有几尺砖壁，壁上有飞檐，像浅浮雕似的，浅浅地从门头壁上的几重砖雕上飞出来，檐头细细尖尖地往上翘。

一个过路的山门也这样讲究，今红感到有些新奇。她们跨过门，眼前一下开阔许多，左边是一溜围栏，可以看到山下伸展的野地、低矮的树木和零星的房屋，有一只山羊在啃草，几只燕子在近处盘旋，空气中聚集着雨意。今红催南下快走，说要抓紧时间到赤壁去，不然就下雨了。

南下一听就笑了，说，这里就是赤壁啊，东坡赤壁就是这里，那个三国时火烧的赤壁是在嘉鱼，离这远着呢，武昌还要再过去。那一个叫武赤壁，这一个叫文赤壁。听说这就是南下说了带她来看的赤壁，今红大大失了望。她认为赤壁应该像苏轼词中所写的，乱石崩云惊涛裂岸卷起千堆雪，高高的绝壁，赭红的岩石。站在壁前，长江就在脚下，江面应该很宽，像大海一样，不然哪会有力气卷起崩云的大浪！而那裂岸惊涛必定是有几层楼那么高，从无边的江面一路卷过来，到了红色的绝壁跟前呼啸着扑过来，发出隆隆的撞击声，然后厚厚的水浪被岩石撞得粉身碎骨，撞成一片碎玉，它们挤在江面沙沙地退去。多么壮观激烈。而现在，不过一个小土山，哪里有什么乱石崩云，甚至连长江都看不见。

今红委屈地问道：那长江在哪里呢？南下让她看远处，只看到了野地、树木和零星的房屋，南下便指着地平线那边，让她注意看一道几指宽的白色的水流，说那就是长江。

今红闷闷地、懒懒地跟着南下走到山的后面，在山顶的亭子里待了片刻，又在一块刻着《赤壁怀古》的石壁旁看了看，一路闷头闷脑的。南下觉得好笑，便和她说话，说宋代范成大早就说过，赤壁是个小赤土山，无所谓乱石穿空（注：此词有不同版本，今红取乱石崩云，南下取乱石穿空），是苏东坡太夸张。今红这才说话了，她委屈地问道：为什么长江在那么远那边？

燕子来来去去地盘旋，似乎比刚才更多了，天也阴了一成，空气中雨意更浓。南下觉得这种光线拍照不会好，但她前后看了看，还是让今红站在刻有赤壁字样的门的下方，因为除此之外，再也没有别的地方能从画面上看出来是赤壁。

今红站在门阶前，她的身后是墙、墙窗、墙檐、门和门楣上的飞檐，没有石壁，也看不到山，透过门口只看到几棵挺矮的灌木，但是今红笑了，露出了一口整齐的白牙齿。不管怎样，她都是很喜欢照相的。

然后她们下山，仍乘轮渡过江回到长江南岸。回到南下的厂子时已经快五点了，返程车是晚上八点多的，剩下的时间还够在厂里再转转。南下决定再去看一个熟人。

再次穿过宿舍区一排又一排的房子，走进一间窗台摆着吊兰的房间。这屋子显得很大很空，地面似乎还有些下陷，光线也暗，四周简单的家具也都一并暗淡。屋里有一个女人，脸特别白，眼窝很深，显得眼睛又黑又大，穿着一件竖领的藕荷色的衣服，有点怪，却又是好看的。今红觉得她一点都不像工厂里的人，不光不像厂里人，更奇怪的是，她也不像这个时代的人。像哪个时代的人呢？

南下管她叫杜大姐。问她在干什么。杜说，还能干什么，还不是看看《红楼梦》。今红看到桌上正搁着一本被看得很旧的大开本的《红楼梦》，书页翻开着。端详房间四周，床是一张单人床，一桌一椅，干干净净，整整齐齐的，却未免让人觉得清汤寡水。墙上也同样干净，不见有照片。

略坐了一时杜就送她们出来了。走到工厂礼堂门口，杜说：今晚上厂里放电影呢，别走了你们。南下和今红互相望望，杜又说，吃了晚饭，看完电影，住一夜，明天再走吧。她的话说得有些哀，让人不忍。南下小心说，明天还要上课，还是要回去的。杜就不再留。三个人在礼堂门口站着，南下不动，今红也默着。过了一会儿，杜说，本来以为电影能把你们留下来，看来留不住你们了。你们走吧，天快黑了。

南下和今红就走了。南下在路上和今红说，杜的身世很惨，新中国成立前她在一家中学念书，因为人长得漂亮，被一个国民党军官看中了，中学没毕业就被这军官讨去当姨太太，结果不出一年，新中国成立，国民党军官下落不明。"文革"时她被整得很惨，也没有工作。后来在报纸上看到一份特赦名单，那个军官的名字就在其中。她去找，人早就死了，七折八转，安排进工厂的图书室当管理员。一个很好的女人，就这样，一辈子。

长江为什么在那么远？今红听见自己多年前的声音。几乎也是在同样的石板地，也是阴天，也是快下雨了，也是燕子飞来飞去。就这样，南下，连同她的额头，连同她脸上的梨涡，连同多年前的樱花和槐花，绿色的琉璃瓦、蒸汽腾腾的澡堂、走廊上的煤油炉，连衣裙圆窗口生物系的大火食堂小操场，等等，一切，在黄冈这个土坡，一阵一阵掠过。而江风自远方吹来。

二、四年间

南下的脸，首先从槐花中浮现出来，真是奇怪。大学以樱花著称，槐花是躲在哪一个角落里的呢？今红使劲想，却怎么都想不起来了。

这种白得像象牙的花竟然能做成包子，那么高的槐树，大团大团的槐花，一点也闻不到香味，只看到它是高的，高而远，天是蓝的，耳朵里传来星期天的声音，闲而静，忽然喧闹，然后又有唱歌声。是谁这么三八，或者斗志昂扬？那个政治经济系的女生，剪着很短的短发，宽脸，黑肤，她在水房洗床单。她唱得不错，但不招人待见。听说她也有三十岁了。

摘了一串串的槐花。

掉到地上的不要。

是用竹竿的一头夹下来的，就像小时候，用竹竿夹屋后的龙眼。洗干净。清水冲刷着白色的花，混合了经济系女生的歌声。她唱道：我的家，在东北松花江上。她又唱：我们走在大路上。还唱道：红星闪闪亮，照我去战斗。它们都混合在那一堆星期天的槐花里了。

像盐一样。

那只带盖的饭盒，是南下从工厂带过来的，它盛满了槐花，在书桌的一头。书桌的另一头她用来揉面。没有可用的案板，那是家庭、厨房、日常生活的东西。在大学宿舍里，在书桌上做菜包子，真是奇怪。

什么都没垫，书桌是新的，半年前才刷过油漆，暗红色。光可鉴人。

面粉撒在那上面。很奇怪。

她不说话，一声不吭，她脸上的梨涡浅浅地跳动。这种北方妇女的活她是在哪里学会的？一团面，本来是在一只小脸盆里，面粉，是在脸盆里，放一点点水，用手抓，手上沾满了白面粉。然后，一团面到了书桌上。忽然想起北大荒。她的一双会干活的手是从那里来的，一双脚也是。

她安静，梨涡也是安静的。一只只包子围成了圆圈，在暗红色的书桌上，槐花在包子里，槐花的象牙白和微青和紧闭的花瓣和难以觉察的清香和微涩，那我所不能理解的一切都在包子里。

煤油炉，一只铝锅，水蒸气噗噗地上升，弥漫了整个楼道。煤油的气味也弥漫。中午一点多，太阳有一点犯困，政治经济系的女生也不唱歌了，她的床单已经晾在两棵树之间的绳子上，是一棵枫树和一棵苦楝树，我们的槐树在哪里呢？我还是想不起来。这边的宿舍没有老斋舍好，那绿色的琉璃瓦屋顶，像布达拉宫那样依山而建的台阶直到山顶，连接图书馆的宫殿和落地大玻璃窗前开着大朵白色花朵的树木。老斋舍的楼顶栏杆能晒床单和被子，我们的被子从前就是那样晒在老斋舍的阳光下。

槐花包子分发给大家，人人都欣喜呢，人人都没吃过槐花包子人人都说没听说过槐花还能做包子馅。她给我拿了一只最大的，我立即就咬了一大口，咬到嘴里的槐花馅很古怪。是软的，又疲又塌又蓑，有一点滑，却又有一种涩，味道是淡的，难道没有放盐吗没有放盐怎么能吃，轻微的怪味完全压倒了清香，那想象中的槐花的清幽，它们一簇簇在枝头上迎风招展的旖旎和它们含蓄的小花瓣都到哪里去了？它们死得很难看，它们死在包子里是黄色的，皱得不能再皱。

大声说难吃死了太难吃了真是太难吃了。

一个人的不懂事是无可救药的。

不知道自己为什么会如此，为什么会不停地说太难吃了像猪潲一样让人想吐。你就是这样一个莫名其妙的人。

听见南下说：够了，不能这么说话！南下，我现在还听见你责怪的声音，它们像蒸汽一样，扑进我的眼睛堵在我的鼻孔里。事实上，这种语调是家长式的，恨铁不成钢锤炼捶打修正。在责怪中是一种难以觉察的亲人般的语调。

在潜意识里我肯定也是把你当成家长的，因为我从来没有家长。像野草般疯长完全没有章法毫无教养是一个野孩子，问题儿童问题少年问题青年。这样一个人你挺身而出一开始你就挺身而出，一开始，在布达拉宫似的老斋舍，在樱花大道的上方，在那个有一只圆形窗口的大房间。我靠近那只圆形窗口，是下铺我不喜欢。我任性地说我不喜欢这个下铺我睡不着，而且这只窗口没有窗玻璃只有一面红旗挡着，这样怪诞的窗形和红旗让我不安，我又说这窗口进来的雨都刮到我的床上，全宿舍的雨都到我一个人的床上，我不想在这个铺位。我的话刚刚说完你就说：我来跟你换好了。

像床单一样安静。像蚊帐一样自然。

像书籍一样整齐。

你的酒窝也一样安静自然，因为它们知道那个李今红是一个顽劣的孩子，它们毫不见怪。

一天晚上生物系火光冲天浓烟滚滚今红你在呼呼大睡，南下把你叫起来赶去救火，她又摸你的头又拍你的脸，最后她还揪了你的小辫子。我从睡梦中睁开眼看到电筒的光柱在飞，它们在黑暗的宿舍里像捣乱的闪电飞来飞去，撞到圆形窗口的红旗上，像是火光已经到了床跟前。脸盆、桶、拖鞋互相碰响的声音急促杂沓，好像大火已经烧到了床跟前。南下喊道今红今红，我迷糊着穿上衣服拿起自己的脸盆跟在南下后面出了门。台阶连着台阶树底下的路比平时要硬，空气是一片一片的凉，一片一片地扑到脸上。在黑暗中人人都是灰黑色的，南下也是灰黑色的，她灰黑色地在我面前半步急急地走，我跟在她身后。人很多，前后的人都很多，有很多人从我们身边赶过去，碰到我们的脸盆和肩膀。闻到烟味了，像生产队砖瓦窑的气味。越过一棵悬铃木就看到了滚滚浓烟从生物系两层楼顶冲上天空，而我们班的王劲高大的身影和高大的声音从烟的方向传过来。

要从两百米远的宿舍接水来灭火要排队接力传脸盆。不要拥挤要排队，王劲的东北口音和李迎风的细细的娃娃嗓混合在一起，他们两个人是恋人。我端着一脸盆水跟在南下后面，她也端着一盆水，我走得跟跄，水泼出来淋到我的鞋子上，我走几步就要放到地上歇一歇。我连连喊道等等我，我担心南下在人堆里消失。

有半盆水可以用来救火，但火已经不用救了。

火灭了。

一层层的人站着，我们站在人堆中。意犹未尽，人人都意犹未尽，因为火灭了。其实火早就灭了，黑色的浓烟滚滚。

在深夜走在樱花大道上，滚滚的浓烟在身后，我们的老斋舍，我们的布达拉宫，它在深夜里身影巍峨层层叠叠直伸到天空，天上是一轮满月，圆满丰润，月亮的光芒覆盖大地，洒在樱树的枝叶上，樱花早已开尽，但月光之下层层枝叶是如此轻盈。

这样的世界早已不存在，而我们走在樱花大道上。在深夜。

我们拿着脸盆，鞋子是湿的。

脸盆是在洪山供销社买的，盆底有一只红色的圆灯笼和一只红色的双喜，像是乡下结婚的物件。南下的脸盆底是一只天鹅，盆边是淡淡的蓝色。两只脸盆在四月份樱花开的时候扣在一起，用一条行军绑带绑着，里面装着锅碗盆瓢和筷子，一路上叮当作响。四月份，校园里的樱花有点谢了，枝头零落，但听说磨山的樱花和桃花正盛。四月份。

磨山的桃花正旺，老三届的兄长大姐们人人脸上盛开着。老三届人人都是浪漫主义者，我跟随着他们一路渡过东湖去到磨山。东湖浩大豁朗，它的水浪汹涌直到山脚的桃花，我们坐在小木船上脸朝着磨山，而阳光洒满全身连同我们的脸盆，湖水荡一下船就荡一下脸盆里的碗筷就唰啦一下，我们宿舍八个人的饭碗和调羹或筷子都在脸盆里，它们互相碰得叮叮响。

水浪汹涌直到山脚的桃花，在山坡的草地上挖了一个土灶，干树枝在灶里燃烧，烟很大，灶和锅都烧黑了，因为捡来的树枝还不够干，但水开了，饺子被南下赶进了沸水里。

野炊这样的事情只有大同学才能干成。老三届。

他们在泥里滚过了，在火里蹚过了，所以泥土和火都听他们的，他们走着辽远的道路，从北大荒或者部队工厂，席地坐着和我们围成一圈。

野外的饺子热气腾腾。

同窗共读。每天挎着挎包走在校园里，上坡下坡理学院阶梯教室数学楼203文科楼102，全校的文科生挤在礼堂，人人选修令人激动的美学课。原来美学是哲学的一个分支。刘纪纲老师桃李满天下。

体育课都是女老师，她们都又黑又瘦，像是来自中越边境。夏天学游泳，在东湖里扑腾，南下托着我的肚子，我还是一再喝水。大四学舞剑，木剑挥舞姿态古怪，在大操场上高龄的女生三十岁坐盘反撩。

两个大操场一个小操场和一个体育馆在悬铃木的环绕中。下雨了我们就在体育馆上课，馆内有高高的圆顶，雨落在圆顶上是灰色的，湿漉漉的深灰色。图书馆也是圆顶。

所有叫作馆的建筑都是圆顶的。图书馆门口有两株树，有巴掌大的树叶和鸽子一样的大花，飞翔的白鸽停在树上就不再飞走，它们放下翅膀仿佛沉睡多时。它离我们的宿舍最近，台阶下的空地走一百步再下几级台阶就是我们圆形窗口的宿舍，而它的落地玻璃来自一九一几年或者一九二几年，总之是世所罕见，这座校园里的一切包括它的湖光山色都是世所罕见。

而南下在深处。

图书馆是如此辽阔，一排一排的人头黑色的头发，高背有扶手的暗红木椅富丽堂皇。年深日久的包浆。校园里的名人同坐一室，诗人高伐林坐在斜对面，哲学系的赵林在靠窗那边，他是著名演说家，永远具有煽动性。而南下在深处，她低着头写一封长信。她的字细长有力却又娟秀。信封上总是写着上海襄阳路某某号，那是一幢楼的门牌号吗？

为什么南下没有参加校内的学生社团。

为什么我也没参加。

有的社团声势浩大，葱茏蓊郁。文学社请来了著名诗人舒婷礼堂满头大汗，爱乐社请来了李德伦呈示部发展部命运的敲门声，而美术社他们过江去看星星画展然后在饭堂眉飞色舞。小型的兴趣小组我们也没有参加，他们研究陈独秀或者巴黎公社或者"文化大革命"。当然还有马克思恩格斯研究小组《共产党宣言》《反杜林论》《路易波拿巴的雾月十八日》《德意志意识形态》以及专门的《资本论》研究小组。当然也有毛泽东思想研究小组。

什么小组我都不去，不张望不打听。

但你为什么也不去。

有一次她专门把我叫到寝室外的小树林里，说要告诉我一件事是关于张志新的，她说张志新张志新，她的声音有点颤抖，她都是这么大的人了。她要专门告诉我这件事，她说张志新，在她被割断喉管之前，她被强暴了。强暴凌辱，还被割断喉管。南下的声音在黑夜的树林里变得我认不出来，就好像，是她本人，而不是远在天边的张志新，遭受凌辱。

她在宿舍里有时会说一说《伤痕》《爱的权利》，我肯定她也酝酿一个小说而最终没有写，喜欢俄罗斯文学，托尔斯泰的像在她的笔记本里，还和我谈过文学的倾向性问题。但谈不下去因为我不懂。那些歌漫流在圆形窗口，十二人的大寝室几乎人人会唱除我之外，《山楂树》是女声《三套车》是男声，茫茫大草原路途多遥远，有个马车夫将死在草原。一条小路曲曲弯弯细又长，带我奔向迷雾的远方。真是又悲又凉在骨头里的凉。共青团员集合起来，踏上征途万众一心保卫祖国。再见吧亲爱的妈妈，请你吻别你的儿子吧。再见吧妈妈，别难过莫悲伤，祝福我们一路平安吧。

这些歌全都像雨一样。

如果有一场暴晒那就是《年轻的朋友来相会》，合唱，比赛，小操场的舞台，年轻的朋友们，我们来相会，伟大的祖国明天属于谁，天也新地也新，光荣属于八十年代的新一辈。一百瓦的灯光，冒汗的脸。在集体的合唱中有亢奋。

同窗共读就是相互招呼着，捎着挎包上台阶下台阶走小路穿树林，从一幢楼到另一幢，宿舍教室图书馆食堂操场、樱树、桃树、悬铃木、银杏树、枫树、槐树、柳树和紫荆树，草间的泥土小路、砖石甬道、水泥林荫道，依山的重重叠叠的阶梯，讲义教材笔记本参考书油墨的气味在寝室和教室弥漫。

在无趣的课程中她带来许多神奇的事物，小小的发卡、一种奇怪的笔、漂亮的本子，它们来自上海，一开学她就会送我小礼物。还有吃的。它们集合在一起犹如光芒升起在灰色的课本上。

光芒升起来，是苹果酱蟹酱小泥螺这些吃的东西，连同别出心裁的槐花包子甚至面条和猪油，甚至酱油和绿色的葱花，有多少吃的东西我想了起来，现在我才知道，它们都不是你们这些三十多岁的人的正常食品。而当年，简直称得上是惊艳，每一样都从你手上生出来源源不断。

枣红色的苹果酱我第一次看见，她从旅行袋里拿出来说这是苹果酱。我就吃惊地问道苹果怎么能做成酱呢，我的家乡没有苹果，只有黄豆能做成酱，朝鲜电影《摘苹果的时候》里有苹果，它们像仙女一样脸蛋红红的在阳光下，为什么要把它们做成酱呢？它在我的舌尖上是酸甜酸甜的。蟹酱也是把蟹捣成酱，真是一件恶心的事，亏了有人想得出来，闻着是又咸又腥的我坚决不尝。面条和猪油是多么亲切，它们升起在我的味蕾上，使我看到寝室外的宿舍走廊，当时我们已经搬到了行政大楼的后面，走廊尽头有一扇大窗并不那么黑，水沸了在煤油炉的锅里，挂面和猪油和盐，也都一一在锅里，它们合在一起翻滚，合在一起散发出面香气，然后落在我的碗里面香沁人。

忽然想起螃蟹，一定是东湖里长的，那么大那么肥。深褐的蟹螯用稻草捆着，是在哪里买到的我不知道。南下喜气洋洋的，她宣布要蒸螃蟹给大家吃。星期天，三只螃蟹在她的脸盆里，她蓝边的脸盆里有一只天鹅，三只螃蟹就趴在天鹅上，从没有见过这么大的螃蟹，有拳头那么大。我们广西乡下的螃蟹比蜘蛛大不了多少，它们在稻田的烂泥塘里，或者水沟的旁边或者泥塘里。我蹲在脸盆边端详那三只螃蟹，不明白它们怎么能吃，如此坚硬的铠甲怎么咬得开呢,除非你是狮子。

我跟着脸盆到盥洗室,她解开稻草抓住鳌钳,让我用刷子刷遍螃蟹的全身,肚子的鱼肚白爪子间的缝隙连同它小小的眼睛和金黄色的毛发。姜末和醋混合在一起发出的气味让我咽口水,而我们家乡的醋都是白色的,这种醋好生奇怪。每一个步骤我都要看得仔仔细细,我要知道一只螃蟹是怎样变得可以吃到肚子里的。她说很简单很简单。她把三只螃蟹放进碗里,锅里放了水就盖上盖蒸起来。煤油炉的煤油依旧,火柴一划就点着了它们,走廊依旧,窗口照进来的平行四边形的阳光依旧,煤油炉上的铝锅依旧蒸汽依旧,但蒸汽上升的时候碗底的噗噗声越来越大,螃蟹就在蒸汽中。

她说:好了。她把锅盖一揭,浓白的蒸汽迎着我们的脸,迎着我的眼睛鼻孔和嘴扑过来,我往后一仰,再低下头时那三只螃蟹不见了,它们变成了橙红色因而我认不出。冒着热气鲜艳的橙色亮晃晃的在锅里,吹着气来到书桌上,三四个人围着坐好,大家都不知道该怎么办,而她细密的牙齿咬开了坚硬的铠甲,是那样斯文,细壳套进大壳里像魔术一样,完整的蟹肉整根脱了出来。

在这样的星期天总是有电影,下雨也有电影,小操场体察人心,即使露天它也是体察人心的,四周的阶梯一级又一级一直伸到树梢,高大的悬铃木环绕,抬头可以望见星星,学校发的小板凳是方的,每人一把,我们坐在环阶上。下雨了雨伞一片,越过伞柄的缝隙银幕那头是黑白的远去的年代,那些人,那些遥远的地方,那些硝烟战火,或者,虚幻的浪漫和激情,在那一块大幕上。而雨水打在伞上溅到脚背,雨声时大时小打在雨伞上。如果下雪也一样，下大雪也一样。双脚埋在雪里，雪花飘过银幕。黑白片，巨大的冰山迎面撞过来，好像脸上一片冰冷，脚是木的，双脚陷在雪里，雪花在飘，幕上的轮船无可挽回，它要沉没在冰海里，船舱内外一片混乱脚步杂沓。天空漆黑，一个男子在甲板上拉小提琴，琴声飘到雪花上，纷纷扬扬，声音是有脚的，而船在下沉，海水已经淹到了拉琴人的脚。她泪光闪闪。

一个三十多岁的人总是这样容易落泪，而顾彬彬不会哭，她像一块石头，足够坚硬和冷静。

那些不同寻常的事物还包括连衣裙，那件布做的连衣裙，白底，布满棕色的V字形图案，她陪我到小东门买的布，12路公共汽车，斜坡窄路摇晃着。花色实在太少，好看的没有，但这块布是最好看的。裙子不知所终，不知它现在到底在哪里。大学毕业前的最后一个夏天我总是穿着它，而她自己不穿连衣裙只穿半截裙，她说今红你喜欢连衣裙吗我来给你做一条，她的剪刀不知是从哪来的，她的尺子也是，剪刀铰在布上发出嗞嗞的声音十分悦耳，缝纫机是哪里的我一点都想不起来了，难道是学生会的？我到过一次，那个小屋的角落里堆满了红旗，红旗堆中有一台落满了灰尘的缝纫机吗？我一点都想不起来了。总之，她踩着缝纫机的踏板抿着嘴，一连串轧轧轧轧的声音连衣裙就做成了。

整整一个夏天我都穿着这条裙子。放暑假我仍穿着它穿到南宁我姑姑的工厂，红砖房子阔大的车间数个食堂篮球场一排排水龙头，我穿着这条裙子出没在红砖平房的生活区里。之后我回到乡下，和我外婆到小镇上合影。她坐着我站着，仍然穿着这条布裙子。

算起来这是你的第一条连衣裙，没有好好留着。深情厚谊过了很多年才能重新想起。一个人过度关注自己，四年都没有从自己的壳里钻出来，四年完完全全白过了。跟谁都不爱说话。跟人隔着一层雾，跟整个世界都隔着一层雾，而你整个人也都在雾中，这雾怎么都拨不开，你根本也不去拨它。也就等于隔着山隔着水你谁都看不见，好像什么事情也都跟你没有关系。

整个大学生活就像冬天澡堂里的蒸汽，她的脸从蒸腾的水汽中露出来，她们少数几个人的脸影影绰绰地露出来，很快又消失在蒸汽中，简直没有完整的事件，没有故事，支离破碎，灰秃秃的就像你留下来的全部大学时代的照片，洗印粗劣更兼保管不善，白的地方是灰的，黑的地方也是灰的，照片新的时候是浅灰，隔了三十年变成了灰黄。校园里的湖光山色也都跟随着，灰成了一片。春天樱花开得烂漫，却也是灰色的，春天的紫荆秋天的枫叶，一笼统都是灰的，倒是冬天，整个寒假屋顶白雪不化，图书馆行政楼教学楼宿舍食堂所有的屋顶都积了雪，厚厚的一层，檐头滴成冰柱，笋节嶙嶙，如同溶洞里的万年钟乳石，所以雪地里拍的照片倒不是灰的，白得简洁，寒冷，比起灰色爽目，却也仍有另一番萧索。

站在一棵大树的旁边，穿着姑姑的穿旧的皮棉鞋，全身臃肿，阔大的棉裤，裹成粽子的棉衣，棉衣外面套了一件深绿格子的呢外套，是新的，姑姑专门买了寄来，挡寒实用，式样难看，但比学校发给困难学生的棉衣要合身一些。深蓝色的棉外罩，肩很宽，袖长超过中指，在宿舍看书自习可以披着，只有一床棉被特别冷，所以又可以压在被子上面，沉甸甸的相当于另一床棉被。

床上的褥垫学校都配发，是稻草编织。班里统一领回，人人都有，不论贫富。稻草的气味宛如家乡，冬天稻田里伫立的稻草人星罗棋布，干得发白，或者，淋着雨冒着烟是深黄的颜色。家乡的稻草垫也是这样编织的，一握一握，用辫子编得紧紧的，一根都抖不下来，铺在床板上，再铺上草席，坐上去，厚实暖和富有弹性。一个好的大学就是这样。

最冷的时候总是坐在床上，穿着棉衣坐在床上盖着被子。冰天雪地，屋子里没有阳光。寒假从来没有回过家，每年的旧历年都在学校过，寝室里只剩下独自一人，走廊是空的，盥洗房、厕所、开水房、澡堂，鼎沸的人气消散了，水槽是干的，打饭不用排队，你一直走，两旁的树枝压满了雪，通往食堂的小路边也是厚厚的雪，路中间踩出来窄窄的一小溜。一勺饭一勺菜叮叮两下拍进碗里，最好是站在饭堂里吃。路上飘着微薄的热气，回到宿舍就凉了。

大年三十，在通往食堂的雪地上连连打滑，上二楼又上三楼，楼道都是黑的，把两只碗放在地上，开门，拉亮灯，雪白的日光灯照亮了空无一人的寝室，又到门口的地上端起饭碗放到书桌上。而这时候，南下给你的明信片正在路上，风雨兼程火车隆隆，而你不知道。

那张明信片，贴着的邮票是一朵红色的莲花，佛座莲，一大朵莲花两张墨绿色的大荷叶，多少年后你还记得。落款写着你熟悉但至今没有去过的"上海襄阳路某某号"，正月初二，它逶迤而来，而天空晴朗湛蓝，校园银装闪闪。

然后七点半！电影就要开场了！

在小棉袄的外面套上学校发的大棉袄，围上大围巾。小板凳抓在手上直奔小操场，连着放两部好片子，入口的小门，黄色的灯光也洇着一层雾气，四面都有人拥来，人人嘴里哈出的白气都聚到了门口。原来有许多人都没有回家过年。刚下过雪，没有风，地上的雪是硬的，前面已经有人踩过了，板凳放在雪地上。双脚搁在雪地上。

穿着小叶借的翻毛皮棉靴，小叶说今红你不回家过年我的靴子留给你穿。她戴着眼镜，部队子弟但不知道是什么地方什么部队，她寒假是回郑州还是西安还是南京？哪都是很冷的，她为什么不穿着她的皮棉靴？隔着一层雪想起小叶，而电影开始了，是新闻简报，鲜亮的彩色从后脑勺直射过去。

同学都是好的。一个初三来，另一个就初四来。初四来的是曾觉之，她拎着一只饭盒，用几层毛巾裹住，花生炖排骨连汤带肉还冒着热气，她说我担心凉了呢一路赶着，学校又没处可热汤。要趁热吃，她满意地坐在一边，你大吃，排骨是炖烂的花生是面的汤正浓味正醇，你大口大口毫不斯文，而觉之坐在一旁。她还带来《莎士比亚全集》第某卷，她总是带来书给你，她说寒假寝室没人，冬夜拥衾读书是人生一大快事啊。这些话真是熨帖，让人不由得欣悦，人万不可自怜，不可自怨自艾，在空旷的校园一层层沉下来。初五去了励宪家，和她全家玩成语接龙。初六李迎风，她带来了内部电影票，下午两点，搭上公交车，去洪山礼堂。

同学都是好的。学校也是好的。是你不好。

你为什么不好，你不知道。

食堂的角落里忽然出现一堆新鲜的灯笼椒。形状像小小的长灯笼，肉厚，不辣，当年极少看见。这样新鲜的菜蔬让人精神一振，它们被卸在食堂大门的背后，深绿色的，饱满的，有一两只破了皮，发出微微的鲜辣。

它们是伙食中花枝招展的客人。是日常伙食平凡的汪洋大海之上的一艘船，日常伙食是连绵不断的红菜薹炖肉片和莲藕炖肉片，此外还有什么再也想不起来，是不是还有大白菜和土豆，总之统统都是炖一大锅炖得烂烂的，它们连绵不断。而绿色的光芒升起在食堂的门背后，那么多那么饱满，鲜艳紧致，它们何以出现在这里？什么时候能到我们的饭碗里？千万不要炖一大锅，千万要一镬一镬地炒，还要配多一点猪肉和酱油，把镬底烧得旺旺的，绿色的椒片和金黄色的猪肉片均匀混合，相互辉映，自个亮晶晶的，把对方也照得晶亮，两方的香气混合，从镬里升起，漫过窗口和食堂，跟随饭碗去到宿舍。

灯笼椒，它果真是稀罕的，南下说，肯定是用来做毕业聚餐的菜。

不由得提前想那顿最后的晚餐，饭厅，圆形的饭桌横的竖的都整整齐齐，这是当然，因为圆桌子折叠起来，就摆在饭厅的两侧。上一届的毕业餐就是这样的，仿佛还铺了白色的桌布，仿佛有许多大灯亮如白昼，仿佛一圈圈的玻璃杯里透明的酒液都纷纷发出清脆的声音，杯子互相碰着，人人的脸都红着，发着光，有人哭，有人笑，有人默着。毕业的盛宴就会是这样，它隆隆地开过来，让人感动又难以想象，我们平凡的食堂，平凡的饭厅，积满灰尘的桌子，难道就要与那辉煌的盛宴迎面相遇了吗？

小组鉴定做过了。分配方案宣布了。大龄同学在毕业前结婚，大龄的女生，她忽然穿着臃肿的棉裤，给大家发糖果，说登记了。又邀请大家去她的新房，是借的一间宿舍，四面刷了石灰，白得明亮，有一张双人床，床单是粉的，枕头也是粉的，棉被叠得整齐，是大红的缎子面。房里有一桌一椅一柜，此外几乎是空的，窗上贴了一对红色的喜字。同学含着笑，请大家坐在床上。大家都说好，说简单是最好的，最大气不过。新郎很是普通，与今红预期的不一样，不高大英俊也不才华横溢，而且家是在县城。女同学生在教授的家庭，天天注意保养，总是要用温水洗脸，再用冷水拍脸。每天早晨看见她往脸盆里倒上一点开水，脸盆飘着热气，她也飘着，一路从走廊的这头飘到走廊的那头，飘进水房。

结婚是庸俗的事情。吃喜糖、一个眉目不清的男人、柴米油盐酱醋，粉色的床单和枕头也都是庸俗的。心里并不替同学欢喜。但听见励宪说，又听见南下说，她们都说，人生的一个重要阶段就走进去了，稳稳地开始新生活，也不惊慌也不埋怨，总是好事情。八十年代初，一个禁欲时代尚未真正结束，个个都是谨慎的。临到毕业，地下的一对一对都到了地上，各人的对象也都从各处赶来，分配在即，都怕被分到遥远的边疆。

生命的真相仿佛哗的一下揭开，露出了许多未承料想的东西。男生的女朋友，来了就住在女生宿舍，女生的男朋友，来了自然是住男生宿舍。差三隔四的，走廊寝室，进出着生面孔。武汉本地的同学，也常常不在学校住。床是空的。

惊异地感到新鲜，但人是呆的，懵懂。一直都是懵懂。在书里明白，一不在书里就糊涂。书本就像榨汁机，把今红榨得不食人间烟火。

懵懂着忽然听说下午就是毕业大餐。但是奇怪，中午到食堂打饭时却不见端倪，大圆桌仍是靠墙摆着，连灰尘都未掸掉，屋顶也不见多拉一根电线多安一盏灯。只是，仅仅是，门背后的那堆灯笼椒，真的不见了。而且，伙房里人气沸腾，有炸鱼的香气传出。一辆小型货车，停在了食堂的后门，一箱箱的啤酒被卸在空地上。

在寝室里大家招呼着要把书桌拼起来，今红问拼桌子做什么用，大家就笑，南下说今红你这个糊涂虫，晚饭是毕业餐呢，大家要好好吃一顿。今红就更糊涂了，难道要在寝室，这么郑重的晚餐。

天空中像焰火一样明亮的晚宴，一百瓦的大灯，一排排的圆桌子，白色的桌布透明的酒杯叮叮响成一片的风光，一样都没有出现。全班聚餐都没有，连小组聚餐都没有，男生女生不在同一幢楼，这顿重要的晚餐，是在各自的寝室。

多么扫兴。

黯淡。不像样。但人人都懂事，都是生活千锤百炼过的呢，不怨。大家帮学校找理由，一个说，上届工农兵学员，人少，食堂当然能装下。另一个就说，七七级人多，就算有大饭堂，也找不到那么多的桌子椅子。大家心平气和，拿了各自的饭碗饭盒，穿梭般地走在食堂和宿舍间的小路上。平日用来下面条的锅，本地同学从家里带来的大盆小盆，统统出动了，盛着炸鱼、粉蒸肉、排骨、红烧肉、烧鸡块、炸丸子。还有那稀罕的灯笼椒，果然是炒得亮晶晶香喷喷的。还有汤呢，是骨头炖藕，还有米饭，给北方同学准备了白面馒头。拼起来的书桌都摆满了，又通知说每人还发一瓶啤酒。

人人都在路上穿梭，这么多菜一次运不了，有人来回三次，有人来回四次，最少的也去了两次。把相同的菜归齐在一处，饭碗空出来，倒啤酒，或者用漱口的搪瓷缸，大的小的，花的白的脱了漆的，乱糟糟的碰杯，声音难听。寝室里仅八人，吃了一时就没了气氛。各人端上自个的搪瓷缸串门找人说话道别，也有人约着到男生宿舍那边。书桌上的七碗八盆才吃了小半，菜凉了，汤也是凉的，面上结了一层凝油。寝室里只剩下南下和今红，南下说，把喜欢吃的菜夹到碗里，我给你倒上滚烫的开水烫一烫就热了。

寝室里静得像平常的星期天，女生宿舍，没听见有什么闹酒的吵闹声。隔了两三个房间，听见传来哭声，是那个爱在水房大声唱歌的短发女生，政治经济系的。楼道里有人轻声议论，说她被分回老家，一家地区工厂的政工科。南下分回了上海，今红分回了广西。有十几个人分到了北京，十几个人留在了武汉。先前有风声说有青海和新疆的名额，后来又取消了，因为年龄大了，能照顾就照顾，几乎人人都分在了省会城市，京沪穗，南京昆明西安长春，人人都心平气和的。老顾考上了公费留学生，如愿以偿。曾觉之则考上了本校的研究生。

学校很快就空了。宿舍食堂，操场走廊，图书馆，日见寥落。寝室七零八乱的，人人都在打包，捆的捆，扎的扎。每个人都去买了一捆麻绳，纸箱和木箱，也都从各处找了来。书籍码进箱子，被褥塞进帆布袋，用毛笔写了姓名地址。李迎风从部队要了一辆军车，全班的行李都运到火车站办了托运。

今红走的时候是顾彬彬励宪等一干人送到火车站。老顾向来是独往独来，这次毕业送站却来了好几次，样样事情她都是做到十全十美，令人叹服。

不论亲疏，能抽身的都来送行，大家纷纷说，这下一别，一辈子可能就见不着了，这话一说，引得人人想哭。挥手告别。火车缓缓开动，乱纷纷的只听见喊道：写信啊记得啊路上自己小心啊。

是在一月，空气冷而湿，探出的头缩回车厢，一阵风扑进来，声音就远了。

南下没有考研究生，最后关头放弃了。她说孩子都四岁了，一直放在上海奶奶家并不好。话虽如此说着，南下却变得沉默起来，吃得也很少。人瘦了，像一个失意的人。今红没头没脑找话，说这个专业太无聊，送给她研究生也不读。

毕业餐一吃过，南下就先走了，因为妈妈病重。临走，南下跟今红告别。她说，今红你什么时候到上海来玩，我带你逛淮海路，你要去看看外滩，那一片建筑很漂亮的，像欧洲。

今红把南下送到公共汽车站，临上车时南下又说，一定会到南宁看她。车很快就来了，人不多。上了车，南下从窗口向今红招手，"肯定还会再见面的。"她脸上的梨涡露出来，很肯定地说。今红也招着手说道"肯定肯定"，今红认为，即使别的同窗今后见不着，南下是肯定可以再见到的。车身一晃就开了，两旁是高大的悬铃木，冬天的树枝光秃秃的。车子缓慢地向着光秃秃的远处驶去。

三、樱花

已经是四月中旬，樱花掉得差不多了。虽说过了三十年，但樱花每年都是不早不晚，到了四月初就开出来。老斋舍跟前的樱花总是开得繁盛，一片一片的，层层叠叠，有多远的枝就有多远的花朵。从这头望向那头，真是像密实的云层，一层浅红一层粉白，既是密的，又是轻的。再想想别的花，梅花疏落，桃花太

103

实，牡丹呢，太张扬富贵。玫瑰好是好，但每家花店都摆着一大堆，不论春夏秋冬，一年三百六十天，再好的美色也被耗损掉了。只有樱花经得起回味。尤其是夜晚，满月，一轮金黄色的大月亮垂着，不高也不低，一树繁盛的樱花浸满了月光，温润、神秘、难以企及。而你站在老斋舍的台阶下。然后，在记忆中，层层花瓣微微翕动，分泌着月光。跳荡、起伏，花朵汹涌。

樱花说谢就谢，一阵风吹过，或者一场小雨，没什么声息的，花瓣就落了一地。你哪怕扬酸了脖子，也不会找到一杈树枝有超过五朵花的。短得就像一场梦。

本来说好在樱花开的时候回母校聚会，班里的组织同学给每人发了电邮，邮件的标题是"樱花时节又逢君"，主题是"相识三十年大聚会"，为了耸人听闻，又说是最后一次大聚会，因为全班五十四人，大的已经六十岁，小的也接近五十，在单位里有点小权能利用，也就这一两年。不料邮件发出没多久，组织的同学单位遇上要紧事，只好往后延了一个星期。

就变成"落花时节又逢君"。

四月多雨，却忽然又会停了出太阳。厚外套。冲锋衣。自然要穿户外活动鞋。徒步鞋有点重，跑步鞋虽是耐克的，却是网面，不防雨。应该再买一双户外休闲鞋。裤子，深蓝，铁灰，或者干脆就是军绿。

二十多年跟任何人不联系。开头两年，写信。写信是好的。南下那笔娟秀的字如同她浅浅的梨涡。她总是写满两页纸。她无论多少岁都是那样年轻。她在上海买过一双鞋让人捎来。圆头，半高跟，鞋面是浅灰色的很奇怪。她好像能看见你身穿连衣裙脚穿浅灰皮鞋的样子，与那件她亲手做的裙子配得像姐妹。每天都穿着。南宁漫长的夏天，黄昏，星期天，民族广场，新华街，民主路，建政路，七星路，桃源路。老友面，炒米粉，酸笋，炒田螺。新华书店展览馆露天电影场艺术学院的红男绿女，人民公园后门的菜地有微臭的大粪味，棕榈树宽大坚硬的长树叶和木菠萝丑陋的牛肚果纷纷从身旁边掠过，而你骑在自行车上。

不如意。无方向。涣散。寡淡。学业无长进。更糟的是恋爱谈得一败涂地，弄得对自己也百般嫌弃。谁都不想见。而南下她忽然说要来南宁开会。说她来看你了。你竟然躲回乡下老家，说是病了。连她都不见，她几乎是专门从上海来，本来她不要来开这样的会。完全不通情理。

她来了，又走了。仍然写信。温润而娟秀的手书，仍然是密密的，荡漾着。是人间不变的温暖。她还说，去南宁没见着你，你到上海来玩吧，我带你逛淮海路。上海有许多好看的皮鞋，并不贵。你那双，估计磨得差不多了。

没有去，不知道为什么不去，日月流转一年又一年。忽然收到一封信，信封是生的，上面的字亦从未见过。信从上海寄出，地址也并不是熟悉的"上海襄阳路某某号"，难道出事了？拆开信见到一帧照片，天很蓝，红色的墙，浓绿的树，她笑着，面容明亮，阳光在跳荡。很短的头发，天然微卷。穿着裙子很有风度，手里搭着一件米白色的风衣。照片背后写着字，是美国某地某大学。有两页信，她特有的字形，密密荡漾，一行又一行。夏日的绿荫令人心安。

她说信是托她妹妹转寄的，她到美国有一段时间了，还没安定下来，请按照新的地址给她写信，多告诉她一些事情，她很想念老同学。她改了名，去掉了"下"字，叫林南，因为不愿跟不相干的人解释这个词。她已经四十多岁了为什么还要去美国真是奇怪，而且名字都改了。人世深不可测。她在那边过得怎样。照地址回了信，却长久没有信来。从此音讯断绝。

今红再也没有收到南下的信。她跟班里同学也断了联系。咬紧牙关谋求发展。换了专业，跳槽若干次。从一个城市到另一个，从南方到北方，又从北方回到南方，最后居然又回到了武汉。辗转下来，面目全非，心肠亦不复原来的心肠。二十六年下来，全班五十多名同窗，不但早就没了联系，平日里连想都想不到。大学四年，也都一并忘得差不多了。

直到去了一次黄冈，今红才忽然怀疑自己是不是变成了混凝土，那样坚硬，针插不进。江水一样的日常生活，川流不息，泥沙俱下挡也挡不住。寸草不生。为了拔掉自己内心深处的自卑感、不安、别扭、戾气，把存贮在生命中的那些有水分的东西，那些不够漂亮的东西，那些既非灌木更非乔木，那些野草，连根拔起。生命变得光秃秃的，看上去光鲜，内里却是碎的。那些绿色的植物，它们在谁的手里呢？

黄冈赤壁，如同一块烧红的木炭丝丝冒烟，烟里冒出庐山、鄂州、工厂，工厂宿舍区的灰砖平房，空地上滴水的床单，肥皂泡，大木盆里的脏水。巨大的变压器，篮球场，门口贴着"庆祝国庆"的食堂，图书馆锁着的门，婴儿尿片，用脚蹬的摇篮，小陆，奔跑的男孩，落满灰尘的书架，《宇宙之谜》，韶华已逝的女人，苍白的脸，光线暗淡的房间，翻开一半的《红楼梦》。还有，林南下，她带着你，汽车火车江轮，她穿着细格子的衬衫。渡轮斜斜地穿过江面，江风浩荡。江鸥为什么不停地飞？

在黄冈，今红重新看到了整个大学时代，本来以为是一笔糊涂账，却忽然历历在目。嘴里有槐花的青涩味，眼前是月光下一层层的樱花。老斋舍、圆形的窗口和红旗、煤油的气味、走廊、小铝锅、面条、书桌上的面粉和螃蟹、大操场和小操场、电影、游泳、栏杆上晒的棉被、堆在食堂墙角的灯笼椒、小叶的翻毛皮鞋曾觉之的花生莲藕汤李迎风的洪山礼堂电影票，碎了一地的暖水壶内胆，闪着亮光在老斋舍的台阶上，而励宪笑着招呼：小今红，不要光站着不动好不好。今红你像木头人一样，至今我还看见你像木头人一样，眼看着同学摔倒了还像木头人一样，而励宪就在你跟前。她忍住笑，教导你。她忍着笑说，你来帮帮忙好不好？你来安慰安慰同学好不好？

四年间的无理自私真是难以计数，时而懵懂，时而以小卖小，混沌难开，无孔无窍。她们站在台阶下，她们一个个的都站在台阶下隔着空气。仰着头侧着头你看见她们。

夜里一直下雨，到天亮，街上积了水，东一摊西一摊的。穿了深棕色的徒步鞋，军绿色的登山裤，深红色功能齐全的冲锋衣（防风防雨防寒加上自重很轻），总而言之，这副打扮不像这种年龄的妇女，倒像是赴南极的科考队员，或者，一名户外摄影师。今红想起有一年她在云南登高黎贡山时遇见的一名女摄影家，漫天大雪，她一身大红的冲锋衣裤，神采奕奕，虽然据说有六十多岁了，但你绝对不能把她称为老太太。

想到马上就要五十岁，感叹时间正如闪电，不由得心里一惊。但比较班里的大龄同学，又觉得自己还算有活力，也还算年轻，不禁有点自得。哼着曲子，步履轻快，同时又立即意识到自得是一种低下的情感。她一边批判自己一边下楼。

从黄冈回来后她变得喜欢自我反省。

拖着一只九成新的小旅行箱到大街上打出租车。本来准备背一只背包，临了还是觉得箱子方便，可以装上应付更冷一点（晚上、郊区、户外）和热起来（太阳一出，一晒一蒸，马上会又热又闷，只能穿单衣）的各色衣服。

打车不太顺利，下雨总是这样。耐心等了将近二十分钟。从汉口到武昌那边的大学，绝不能算近，的士单程价格在五十元左右，但对今红，一个毕业二十几年没跟同学联系的别扭的人，这点距离简直就是咫尺之遥。这么近，却从不找任何同窗。简直匪夷所思。

直到从黄冈回来，今红才主动联系了班里同学。同学说这么多年都没有你的消息，毕业二十周年大聚会，到处找你都找不到，这下你自己冒出来真是好。隔了几天，正好有一个男同学从青海来，大家趁机聚一次。洪山广场附近的一个酒楼，八九个人。到得早的，在打拖拉机。今红看到了大伙，想要表现出兴奋，但她又拘谨又忸怩，不知说些什么好。隔膜得厉害。四年间把生人变成熟人，二十多年又把熟人变成半生半熟的人。青海的男生在业内很有成就，红光满面的，还带来了女儿，女儿已经大学毕业，要考母校母系的研究生。今红放松了自己，坐在一个活泼的女同学旁边。她想说说这女同学的发型和衣服，却不料，一开口就问起了林南下。

林南下的事，你怎么会不知道？

同学侧过脸问。今红听了，只感到胸口往里缩，喉咙也开始发紧。只听同学又问：你跟她不是一直有联系的吗？没见今红答话，同学便说：你真的不知道吗，南下不在了。

今红看着同学的嘴，似乎不太明白这个意思，只觉得光线暗了一成，她嚅着嘴唇呜噜呜噜的，也不知自己说了句什么。又感到有点头晕口渴。她打算给自己倒点果汁，端起了瓶子，却又忘了。听见同学小声地陆续说，好几年前的事了……美国，生了病……什么病不知道，可能是太累……才四十多岁……如果不去美国……网上……主页，悼诗悼文……以为你……谁都没想到，最先走的是她……好多年了，不在差不多十年了，九年。同学的声音很小，今红听到耳里，字字都像是震着的。

有人在饭桌的那头说话，嗡嗡的似乎提议干杯，一桌人纷纷站起，今红觉得自己也站了起来。但她立即又坐下了。她看到大家在说什么，但是声音奇怪地在很远的地方，一圈人的脸在灯下发着光，有的红有的白，他们关切地看着她，她不明白，想说句什么，嘴角咧了咧，没说出来。只是觉得，这望着她的一圈人愈来愈陌生。

不在世已经九年。今红坐在出租车里驶过长江二桥，她透过这斜拉桥的粗钢缆看到低远处的江水，浑浊、滞重、挟带着大量泥沙，从她的右侧流过桥底再流向左侧。

"为什么长江在那么远？"今红无端想起自己在黄冈赤壁问过的话。将近三十年前的声音，从雨中一阵阵灌过来，雨的气味缭绕着，南下的面容一时近一时远。而她不在已有九年。

出租车直接开进学校，老斋舍前的樱花果然稀疏了，一小簇一小簇的仍剩在枝头，也有三五人在照相。雨几乎停了。车子一直开到后山的半坡上，跟前就是学校的宾馆，原来叫招待所，现在叫山庄。

一进门就看见了两个同学，在大堂摆了两张桌子用来签到。大多数人前一天就到了，青海甘肃陕西，云南贵州湖南，北京广州深圳，正所谓全国各地五湖四海。大堂静悄悄的，房间里也似乎没有几个人。怅怅地微笑，想着没有南下。签到，交钱，领了日程表和名录，也是用一个纸袋子装着，里面照样有塑料文件夹、纸笔等，跟任何别的会议一样正规。问了一串名字，那些叮叮当当的名字，又繁华又素净又伶俐又平实的，也都一个个地到了嘴边。心里渐渐满了，人也不那么别扭。

雨完全停了，今红放了东西也出来走走。据同学说，大伙都在校园里逛着呢，估计不是在图书馆那边就是在行政大楼跟前。绿色的琉璃瓦，布达拉宫，紫色的琉璃瓦，灰色的圆顶，理学院，生物标本楼，大操场小操场，高大的悬铃木，上坡下坡，上台阶下台阶，和二十多年前一样。也有几处生的，图书馆新楼和别的什么新楼，路愈扩到外围愈认不出，怎么也想不起来转到了什么地方。一直走到后山，从前没有路的地方现在不但有了路，而且是宽平好走的。

突然看到小路尽头的拐弯处有两树樱花，不但没有谢，反倒是异常繁茂，粉色的花开得密密挨挨的，连同硬朗的树枝伸到小路中间。树下有人在照相。今红一边想着"晚樱""大山樱""关山"之类一知半解的樱花品种名，一边快步往前走。快到跟前时看见排成一排照相的几位女士，她突然站住了。

她们没有注意到她，正忙着轮换组合，双人的，三人的，有人脱了外套，有人帮着拿提包。是她们，没错，老了一点，但好像也没老多少，有的胖了一点，但好像也没胖多少。总之，时间不像是过去了二十六年，只是像才过了七八年或者三五年。她站着看，又往前蹭了一点，忽然她们停下来，望着她迟疑了几秒钟，然后，双方大叫着互相扑过去。云南的小苗甚至跳着噢噢噢

师、在校学生代表，能来的都来了。都老了，也都不服老，说要好好锻炼身体，争取四十周年的时候再见面。热泪盈眶，老少都受了感动。去东湖磨山，湖面开阔，草青着，树上开着花，大家说起当年在此野炊。过了二三十年，人人长了人生的阅历，该闯的关，闯过来了，该吃的苦，都吃完了，孩子也都长大了，有的出国，有的读研，有一个，考上了博士不去读，却偏要当外国航空公司的空姐，长得又高又漂亮，大家赞叹着传看照片。总而言之，只要身体健康，好日子还有的是。

大家从容地在湖中间的堤道上走着，两边都是水，一边是划艇队的在训练，划桨一起一落，小艇在湖面的微波中滑行。另一边是游船，木的，船肚够宽，放了小茶几和椅子，两边的船檐也挂了红灯笼。闲闲的，看了这边望那边，踏青的大学生一伙一伙地穿插着越过这群中年人。

又去省博物馆，汉风建筑气势恢宏，镇馆之宝眼花缭乱。战国时期的越王勾践剑在玻璃罩里越过两千多年的光阴闪着菱形的光，曾侯乙墓的编钟听说是仿制的，好动的就拿了木槌当当敲响。又去了长江大桥，江滩雕塑，火车隆隆地从桥上开过，抬头望去，一缕白色的蒸汽从龟山蹿着就到了蛇山。一众人坐着毕和平集团的大巴，一日之中过了长江大桥和二桥，又过了红色的汉阳桥。过汉阳是参观琴台大剧院，辽阔的面积，一组像琴台的大建筑，又抽象又具象，又气派又别致，莫非就是建筑中的未来主义？最绝的是隔着一片一两百米的泱泱大水，对面设计了露天观众席，夏天夜晚，天上繁星或圆月，水中亦然，人在水天之间，与星月成一体。大家惊叹，北京的同学纷纷说，这比国家大剧院和央视新楼更有创意呢，把一个古琴台的魂魄弄得出神入化。

所有的人都心情很好，只有今红不好，也不是不好，只是不兴奋。她闷闷地，身体发紧着，夹在一帮人里面，前后左右都搭不上话似的，也没有说话的兴致。她感到自己仍像当年那样别扭拘谨，这么多年过去了，在人群中的孤独感不但没有减弱，反倒莫名其妙地加强了。每到一处合影，她总是站在最旁边，瞪着眼闭着嘴，不管是叫"茄子"还是叫"田七"，她都一概不出声。江滩的雕塑，是古代传说神如何镇河妖治水，毕和平起劲讲解，妙语迭出，大家挤着听他。今红避开人堆，自己从头到尾走了一遍就坐在了石凳上。江水浩大却听不见水声，今红心里沉沉的，一会儿想到林南下，一会儿又想到孔子的子在川上曰逝者如斯夫。心里一时是空的，一时又是沉的。

　　在去蔡甸的路上下起了雨，雾也起来了，先是一阵一阵的，渐渐就浓了，路边的水塘芦苇，大片的田野都已完全隐在雾中，窗外是泅泅的白色大雾，前方仅二三十米可见，车开了前灯。蔡甸有一个毕和平新开发的旅游项目叫"高山流水"，毕是一个有大把想法的人，一套一套的说辞，能把死人说活。蔡甸的这片地叫钟家山，也就是传说中砍柴的钟子期听伯牙弹琴的地方。峨峨兮若泰山，洋洋兮若江河。毕和平在这里搞了高档酒店，又配套搞了茶园竹园水榭，亭台楼阁加上拱桥。他请大家来玩。

　　车开得慢，后面的轿车都跟丢了，又停下来等。且雾且雨的，天完全黑了，又冷又饿，十点多才总算到了。毕和平的人马一直等着，人一到，立即敲锣打鼓，在毛毛细雨中还起劲地舞起了狮子。停车的空地没有点灯。狮子在黑暗中扭动腾挪，踩着响亮的鼓点。从车上走下，腿麻着头昏着的人，一时全都振奋起来。

雨竟停了。露天的烧烤，炭火在夜雾中通红，有火光明灭，有烟。空气中有烤肉的香气。空地边上搭了几溜窄篷，篷下是连着的一溜案桌，上面摆满了各式洗净的蔬菜水果调料，烤好的肉和未烤的生肉，有的在盘子里，有的穿在了铁钎上。而空地中间堆着几截碗口粗的枯木。烤炉的炭火哗哗剥剥响，火星乱飞。有风过来了，雾似乎在远处退去。吃了烤肉和蔬菜，又有鱼和虾，又有用豆子焖的米饭，还有热腾腾的汤呢。身上暖了，人也精神。看了表，已经十二点，篝火却刚刚开始点。

一个人把几根细小的干树枝架在中间，把几团揉皱的报纸塞进去，他先是趴着，然后是跪着。唰的一下划着了火柴，火光忽地照亮了他的脸。脸是棕红的特别厚凹凸不平似的，定是乡下的农人呢。火苗从纸团上四处窜开，被风赶到架着的树枝。然后，纸团熄灭了，风把黑色的灰烬吹起来，一片一片的。一根树枝上有一点小小的火苗跳了起来，又一点，又一点。火苗连起来，一根树枝烧着了！几根树枝都着了！火光照亮了农人的全身，他穿着一双解放鞋，在明亮的火光中能看见他鞋底沾着厚厚的烂泥巴。他手脚利索地、专注地把那几根大枯树干架起来，火焰仗着风势，毕毕剥剥地燃上去。

每个人的脸都照亮了。

空地上没有灯，在篝火跳荡的亮光中主持人说，现在请我们的小安唱一首歌。小安，班里最安静的女生，多年来她在遵义的一所专科学校工作，从未动过。她不慌不忙地站起，镇定地走到篝火下风处。听见她用细细的声音说：我来唱一首歌，献给林南下。一时都静了。她又说了句什么，大家没听清。主持的同学大声说，这支歌是我们小安自己作词作曲的，叫《对你说》。小安站得直直的，一动不动地唱，她微仰着头，脸上看不出表情。细细的歌声被风吹得一阵一阵的，在空旷中很快挥发掉了。火向上摆动，火焰连同黑色的烟红色的火星，向着下风的方向斜斜地扭着。

轮到朗读。当年和今红逃学去看星星画展的汉口女生，她念一首诗。这么多人中，变化最大的就是她。班里的才女，当年的倨傲已经消失不见，多年独身，听说到瑞士去了半年又回来了。是什么使她变得谦卑、内敛和沉潜？她有时写诗，从未听说过发表，也不拿到网上乱贴。她念的诗叫《彼岸的樱花》。

她的声音也在风中远去了。

有人提议不如大家唱一首歌，说了几个歌名，最后确定唱《冰山上的来客》中的《怀念战友》。一个男生以经过训练的美声开了头：天山脚下是我可爱的家乡，当我离开它的时候，好像那哈密瓜断了瓜秧……今红也细声跟着唱了起来，当我永别了战友的时候，好像那雪崩飞滚万丈，啊，亲爱的战友，我再不能看见……泪水突然涌上她的眼眶，并且顺着右边的脸流到了嘴里。她摸到了口袋里的纸巾，但她没有拿出来。她一边用食指按着脸上的泪痕，一边深呼吸。但眼泪还是没有止住。她不知道自己为什么会哭，仿佛是为了什么，但又好像什么都不为。眼泪滴到她的膝盖上，她感到绷紧的身体松开了，重浊的胸腔也变得清新起来。

木头快燃尽了，火势弱下来。几截炭木通红，还保留着原来木头的形状。浓雾已经完全散尽，露出了澄澈的天空。星星也出来了，这么多的星星难得看到，有的微红，有的金黄，有的则闪着白光，一直到树梢和远处的坡顶，简直漫天都是。今红觉得，这深夜的天空并不是完全漆黑的，而是有一点点蓝，非常非常深的蓝，深得深不可测、深得无限的蓝。在弱下去的火焰中，今红感到自己看见了重重叠叠的樱花花瓣纷纷扬扬，向着高远的星空飞旋，越飞越高，变得透明。这一景象是如此不可思议，以至今红的眼里再次充满了泪水。

《收获》2010年第2期

不　二

余一鸣

东　牛

生日是用来让别人惦记的，有人惦记是好事，可黄鼠狼也惦记着鸡呢。东牛在电话中这样说红卫，红卫在电话中大笑。五年前的一个下午，红卫说要替自己新带的研究生过生日，邀请师兄们一道吃个饭，东牛认识孙霞就是在孙霞的这次生日宴会上。红卫特意叮嘱东牛，大师兄，要来不能一个人来，必须带上二嫂，哪怕是聋子的耳朵，也是人脸上少不了的摆设。东牛电话里听了几分不顺耳，嘴上应了，心里不禁苦笑，难道没有二嫂还得租一个去才能吃你这顿饭，这不是按住个女子割鸟，强人所难吗。二嫂这称号并非说东牛在师兄弟里排行老二，东牛是师傅带的第一个徒弟，是大师兄，二嫂是指除了大嫂之外的又一个嫂子，可能是二嫂，也可能是三四五六甚至N嫂，实际上等于社会上传说的"二奶"，但"二奶"这词不中听，不如二嫂的称呼来得亲切而私密。可那时东牛确实没有二嫂。这年头，饭局上没个二嫂陪着似乎你上不了台面，你要是带上大嫂那就是宣布跟座中人断交。

红卫是最小的师弟，排行老八，依仗着年轻力壮有的是赚钱的机会，钱袋总是倒着拎，这顿饭居然安排在省城最豪华的东郊宾馆，这一桌没有万数是拿不下来的，加上饭后的娱乐，这做导师的钱袋会瘪下去不少。

东郊宾馆在金山的南麓，前是明目湖，两侧分别是两座古代皇陵，藏在密林的深处。这样的风水宝地，是国家领袖及外国元首在省城下榻的首选之地。东牛驾着车驶入林间公路，暮色将树梢缀成一簇簇遮天的浓云，肃穆的古树雕像一般站立道路两侧，居高临下地俯视着东牛的小车。东牛觉得自己的座驾陡然间缩成了一只甲壳虫，连隆隆的车声也一下子被这海绵一般的肃穆汲得一干二净，每次来东郊，东牛都有当年提着泥刀背着被褥初闯省城的感觉，在高楼大厦之间自己渺小如一只蚂蚁。现在东牛的办公室已高居在这所城市的地标大厦上，东牛临窗远眺，城市就在自己的脚下。但一旦踏进东郊，他就抵挡不住莫名的惊惶和自卑，在这千百年的森林中，在每一棵参天古树前，我东牛其实只是一泡鸟屎中偶尔拉下的一颗缠树藤的种子，爬得再高，也长不成这森林中的一棵小树。东牛这样自嘲的时候，小车已滑进了宾馆的大门。

晚宴设在一幢独立的别墅里，几乎这里的每幢别墅，都有着与名人相关的传说与记载。别墅藏在竹林深处，墙体斑驳，一眼就能看出是民国建筑。这里的宴席必须提前一个星期预订，因为每幢别墅每天只摆一桌。东牛走进包厢，师弟们身边一边坐着一个女子，见东牛进来，齐刷刷站起来迎接大师兄。瞧那些女子面孔，有的熟，有的不曾见过，没见过的自然是新鲜血液。老三当归说，老大你的二嫂呢，东牛说我也在等她，会来的。东牛一一招呼了，师傅带的八个徒弟，坐在这里的只剩下五个了，老四蹲在牢房里，老二和老七没能单独起炉灶，窝在东牛手下，这样的聚会死活不肯来参加。

老三当归说，红卫，你上次的那个研究生毕业了？

红卫说，毕业了，红艳艳的证书早揣在怀里了。

老三说，才读了半年就毕业，你这样的速度带研究生，自己的身体吃不消的。

他们在一起说的都是家乡话，这土话据说是古方言，外人听不懂，老家县里为这土话成立了一个申请世界非物质文化遗产的班子，还来找东牛要过物质贡献。

老三说，你是不是觉得身体跟不上了，我告诉你，据科学研究，一个男人一辈子干这活儿不能超过五千次，指标用完了再怎么努力也是个废人。你算算是不是超计划了？

老三当归说的一本正经，老三的祖上是中医世家，发言有权威性。红卫脸色确实虚白，眼眶青紫，他仰头朝着天花板掐指算了起来，算完，说超了超了，这可咋办。老三说，你看看你奔驰车上的保养说明，那活塞是钢家伙，上下了一定的次数也要磨损报废。你得悠着点。

就在这时，孙霞忍不住嘿嘿地笑出了声。桌上别的女人都矜持地做聆听状，她们听不懂固城的方言，当然不知道那俩人对话的内容，固城人欺负外地人听不懂，在这样的场合放肆地用方言调笑，有一种小小的快乐和得意。她一笑，露出的虎牙照亮了东牛的眼睛。一女子问孙霞，你笑什么呢。孙霞更是笑得趴到桌上，把银制的碗筷杯盘弄出叮叮当当的音乐来。孙霞的背后是一幅西洋画，一个西洋女人裸身扛着一只水罐，这画东牛在很多浴场见过，是用瓷砖拼贴的，这里却是镶在画框里的，挂在这里居然也浑然一体。孙霞趴在那里，笑得肩胛骨高低起舞，一头黑发波涛汹涌，像是秋天怒放的墨菊，那发后的长颈，却是一截醒目的玉白，吸引着男人的目光恨不得追下去探个究竟。笑够了，她抬起头，东牛说，你是我们固城县人？孙霞点点头，用手指点了一下红卫的头说，三哥是诈你的，男人们哈哈大笑，女人们也盲目地跟着笑。

红卫那时在师范大学已做了六七年项目工程，跟校长、处长们能称兄道弟，有一天某处长突然心血来潮，请红卫给学生们做一个讲座，让他谈谈怎样从一个泥瓦匠奋斗成了建筑公司老板的历史，自此兄弟们就称他为教授、导师，他带出来应酬的年轻姑娘就被统称为研究生。

东牛发现孙霞并不年轻，细琢磨应当接近三十岁。包厢的四角站着四位穿旗袍的服务员，因为这里是分餐制。每道菜上来时，只是在转盘上绕场一圈，像是模特在T台上走一遭，就被服务员撤下分解到每位客人的盘中。姑娘们不单漂亮，而且青春，每人用餐巾包着一瓶酒握在手中，随时为客人添酒。当服务员俯下身子为孙霞添酒时，脸上的皮肤彼此对比就出卖了孙霞的年龄。她眼角的鱼尾纹尽管做了精心的化妆，一笑还是原形毕露，耳郭下分寸范围内，稀疏的汗毛也不复金黄茸茸，已现荒芜。这不符合红卫一贯的审美原则，红卫声称他只要二十五岁以下的女人。东牛心中估计，这俩人的师生关系最长只是一个短训班的时间。但是东牛发现，这个叫孙霞的女人如果是固城人，一定不是庄稼地里长大的女人。看她那双拿筷子的手，娇小细致，骨节紧凑玲珑，指尖捏着筷子夹菜时，那握成的拳头似乎是一只精灵的小兽，骨节如峰，肉窝似泊，青筋若脉，一张一弛如奔跑的猎豹律动。倘若发育时节在地里抓过锄头杆铁锹柄，这手定然是要茁壮长开的，比如老六秋生带的那个女子，尽管看上去是花苞一般的年纪，打扮的也新潮前卫，但只要看她那双小蒲扇一样的大手，你就知道这女子小时候是苦大仇深的柴火妞。秋生又一次催问东牛的二嫂来了没有，东牛说，快了快了，在她娘的肚子里急着出娘胎了。老三说大师兄摆谱，凭什么我们都拉家带口，你猫匿屎一样把二嫂藏得无影无踪，鬼才相信你没有二嫂。红卫站起来打圆场，你们都别为难老大，大师兄生来就是师傅为我们树立的榜样，有了二嫂也得潜伏，不能毁了光辉形象。东牛在心里说，你们也不看看自己拉的什么家带的什么口，一个个有钱了就蛤蟆膨胀成大牛牯，嘴上却说，你们要可怜师兄，就让自己的二嫂给我也找一个。

老三的二嫂说，那不行，我们一人给你找一个，那桌子上就没我们坐的位置了。

女子们都叽叽喳喳把矛头指向东牛，东牛抵挡不住，借口上厕所去了洗手间，在镜子前站了一会儿，点了根烟，迈出门时却与一个人撞了满怀。一看，是红卫的二嫂孙霞。东牛没想到她一双手那么小，个子却有这么高，那一头缤纷的乌发扰乱了东牛的眼睛，撞上的身子软是软硬是硬，东牛手忙脚乱，手中香烟烟灰纷飞，东牛说没烫着你吧，孙霞说你就不能把烟抽完了再走。东牛站在那里，看着孙霞在镜子前打开小包补妆，一时有些发愣，突然瞧见一些水珠扑面洒来，下意识一让，孙霞笑了，原来是孙霞将手上的水珠洒向了东牛镜中的影像。孙霞说，给你，你也洗一下手，塞过来一块圆润的香皂，像一枚精致的木槌，这是她刚洗过手的香皂，孙霞推门走了。东牛站在水池前打开了水龙头，水哗哗流着，东牛捏着那枚香皂朝镜子里的自己晃了晃，东牛身高一米八五，秃顶，毛发都长到了脸颊和下巴上，现在每天东牛早晨的晨课就是花半个钟头刮胡须。东牛洗了手，看看镜中那个恍惚的大个子男人，突然挥起手将手上的水珠朝那张刮得铁青的脸庞洒去，镜里镜外的人都笑了。

　　自然要吃生日蛋糕，当然也得吹蜡烛许愿。蛋糕是五层的，涂满了巧克力，东牛从小放牛，怎么看都像是一坨新鲜的牛屎，却不能说。那女子双手合十，念念有词，在大伙的哄闹声中吹灭了蜡烛。老三当归的二嫂说，我猜你许的愿是帮红卫生一个儿子，另一个说，我猜你许的愿是立志要当大嫂，早日成为正宫娘娘。孙霞说不是都不是，你们真的要听吗，我许的愿是要盖一所小学，在一个叫桃花源的地方。孙霞故意说得一本正经，像是电视上热血沸腾的三八红旗手，男人女人们顿了一下哗的一声差点笑翻了屋顶。东牛心里说，这女子真逗，搞笑能做到声色不露，不由得红卫不迷她。该切蛋糕了，红卫当仁不让地说我来，孙霞说且慢，这蛋糕是一个谜语的谜面，你们谁猜出了谜底谁来切，一桌人挖空心思都想不出来，愁眉苦脸着。孙霞说，谁也猜不出来那就只能根据谜面来挑人选，大伙说，行行，你别折腾人了，孙霞说，这谜面挺简单的，高个子男人。一桌人愣了一下都狂笑着手指东牛，东牛其实早就猜到只是不愿说出，东牛说怎么尽拿我开涮，红卫，还是红卫你来。红卫说，不能坏了规矩，该谁是谁。

吃过生日蛋糕，自然是要掏红包。现在的年轻女子一傍上男人，马上就说自己的生日快到了，过一个阳历生日不过瘾，接着还要过阴历生日，把自己当成贪官的老娘，恨不得天天是生日可以收礼，也不怕将来真的生个缺德儿子。好在如今的有钱男人见了女子都贱，乐得装糊涂。孙霞的这个生日东牛估计也是假的，但假戏要真做，东牛在包里摸出一个信封，是来之前准备的，想了一想，又往里面塞了一沓。东牛将信封出了手，老三老五老六也都掏出了信封。那信封都鼓鼓囊囊的，超过了东牛信封的厚度，这让东牛脸上有点挂不住。红卫心急，说客气了客气了，一个个抓住放到孙霞面前，手上感觉不对头，撕开最大的一个，整整齐齐的一排避孕套。再扯另一个信封，规规整整的一板伟哥，红卫说客气客气谢谢你们为我着想，她做生日你们还给我备了礼。老三说，你？这是为二嫂的性福着想。东牛觉得这词耳熟，想了一下应该是电视上的广告词。

红卫掂量着东牛的信封，说，大师兄莫非也是？

东牛说，你扯开看就知道了，你大师兄俗，跟不上时代，还是纸票子。

红卫把信封塞给孙霞，说，还是大师兄真金白银有礼有仪，这礼金是不能当面拆开的，咱得守礼节。

东牛看孙霞的表情，看不出尴尬，她只是露齿一笑，又露出了在左侧的那颗虎牙。

东牛觉得屋子里空气有些憋闷，一屋子人抽烟喝酒，杯盘狼藉，将安静的别墅闹腾得像是街边的排档，难为那四位服务员还是笑吟吟地立着悄无声息。不知道他们还要怎样闹腾，东牛接了一个电话，借口有事，先走一步溜了。

秋　生

　　秋生在师傅的徒弟中排行老六，说他是师傅的徒弟，不如说是大师兄的徒弟。秋生拜师时，师傅已经不捉泥刀，整天忙的是跟领导们应酬，为施工队的活计忙碌。教他拌第一桶水泥砂浆的是大师兄东牛，教他砌第一块板砖的是大师兄东牛，甚至学徒的这三年有两年他是跟大师兄挤一个被窝。大伙私下说，要论活儿，整个施工队没一个比得上东牛，包括他们的师傅。东牛往脚手架上一站，一提泥刀，哪里是一个泥瓦匠，整个是一个电影明星。一块砖上墙，他只需一刀完成，砂浆均匀齐整，别指望能漏下一滴，对面是两个瓦工一堵墙，这边是他一人一堵墙，到顶时对方往往才砌到一半。这时，东牛站在高处，左手摘下安全帽，右手提着泥刀，摇一摇其实并没几根头发的脑壳，心旷神怡，看他的手上脸上，看他的工作服上，干干净净清清爽爽点滴不沾。

　　秋生第一天上工，是在八层楼的脚手架上，东牛领着他站到齐腰高的砖墙前，一甩手一块红砖就向秋生飞来，秋生身子一让，那红砖就像一只断翅的鸟向地面栽去。秋生向后面看了一眼，头晕目眩，感到寒从心起，一身冷汗涌了出来，他急忙闭上眼睛，矮下身子，扶住了墙砖。东牛纵身跳过砖墙，把他拉进墙内。东牛说，你小子恐高？

　　秋生蹲着，脸色发白，看着满脸络腮胡的大师兄点点头。

　　东牛说，这碗饭，恐高怕是吃不了的。

　　这样，你站墙内，我站墙外。东牛说，但是你隔一会儿就得瞅瞅墙外的天，看看楼下的地，瞅习惯了心就不慌。

　　秋生直起身子，又是一块红砖飞过来，这回秋生双手接住了。东牛说，左手，只能左手，右手是握泥刀的。记住，今天下工后我们对练抛砖接砖。

东牛下工后真的拽着秋生留在工地上。东牛说，看砖，砖就一块接一块抛过来，接住了，东牛叫一声好，接不住，砖在水泥地板上碎成几截，东牛心疼得皱一下眉头。一直练了半个月，板砖终于在秋生的手中变得像钢笔一样灵巧，秋生的手掌也变得像砖面一样粗糙。

接着是帮助秋生克服恐高。东牛将一根粗麻绳捆住自己的腰，将另一端一个死结拴在秋生腰上，把秋生赶到墙外的脚手架上。东牛说，我们乡下人要在城里顶天立地，得把自己往高处逼。秋生觉得东牛的话挺有哲理，像是老师课堂上的深刻教诲。秋生一咬牙双腿挺住。能遇上东牛是秋生的福分，都说学徒得挨训甚至挨揍，秋生初次见到大师兄魁梧的身坯蓬乱的胡须时就在心里认了倒霉，等待着暴风骤雨，没想到大师兄却待他十分温和。

大师兄喜欢秋生，是因为秋生是个有文化的高中生。夜深人静，劳累了一天的大伙鼾声如雷时，大师兄还常常凑在工棚的电灯泡下自学工程预决算，或者研究从技术员手中借来的工程图纸。不懂处就喊醒秋生，俩人一起琢磨。当时的秋生正是嗜睡的年纪，心中怨恨却又不敢说个不字。若干年后当秋生自己拉起工程队时，他才认识到那时的灯下功夫得益匪浅，才惊觉大师兄当年目光深远志向凌云。

秋生没考上大学，是因为他读高中时投入了一场恋爱，恋爱的结果是女生顺利考上了医学院，秋生名落孙山。当秋生从县中宿舍卷起铺盖，从县城爬上回乡的拖拉机时，年轻的小伙子泪流满面，为自己鸡飞蛋打的结局悔青了肠子。几年后，落榜生秋生成了施工队长，他拎着大哥大，坐着桑塔纳，矢志不渝地挤进医学院的施工项目时，他当年的女友已从医学院毕业，音讯全无。他一个人走在学院的林荫道上，他独自坐在学生上课的阶梯教室，他在学生食堂的餐桌前品味迟来的学生盒饭，眼中充满了对那些大学生情侣的艳羡。

秋生认识孙霞就是在医学院的工地上，她张望着走过来时，秋生以为她是医学院刚分配的青年教师，那时大学的年轻教师基本上都住的是筒子楼，不是屋顶漏雨就是地面凸凹，常常有人找工地上的人去补个漏，或者来要点水泥砂浆什么的。

这是夏天一个雨后的傍晚，雨来得急也去得急，却正好把工地上的尘埃给压了下去，雨水将医学院远近的楼顶洗得焕然一新，也将树叶草叶清洗得青翠碧绿。秋生将椅子搬到工地的空地上，只有这块篮球场大小的地面还真正是地面，这城市的任何角角落落你踩上去都是硬邦邦的水泥地了，秋生喜欢脚下这真实的泥土，地面的浮土被雨水一浇，熨帖如展开的丝绸，泥土的味道却精灵一般直往人的鼻孔里钻，引诱得秋生鼻孔痒痒老想打出一个喷嚏。秋生歪斜在椅靠上，这不是秋生的常规坐姿，秋生是个讲素质的人，秋生向来不把自己混同于其他包工头，这是晚餐时刻，工地隔离的竹篱笆外不时有三三两两去食堂的大学生，夏天的女生是篱笆墙外的一道风景，秋生用自己的目光常护送女生的倩影渐行渐远。看见孙霞走来，秋生本能地修正了自己的坐姿。

你是要用水泥还是砖头？

我不是来朝你要东西，我是来送东西给你的。

这个年轻女子仰起脸朝秋生一笑，眼睛里亮汪汪的眼光让秋生不由自主地整了整自己的衣领，小女子说，你不认识我？

秋生摇摇头。

小女子说，都说人一阔脸就变，看来不假。

秋生走两步，盯着她的脸孔看了一眼，不认识。小女子扮出一副妩媚相，伸出一只手指勾了勾，说，看仔细点，本小姐不收费。

秋生不好意思再凑近，反而下意识退了两步。小女子笑得蹲下去，突然一直身子，从近处捡来一根树枝，在秋生留在地面的两只拖鞋鞋印上划拉起来。小女子说，你看这是谁？秋生抻了脖子去看，左边的鞋印里写的是"杨"，右边的鞋印里写的是"秋生"，秋生说，你呢？小女子往后轻盈一跳，在自己的鞋印里起笔，左边写了一个"孙"，右边的鞋印里写了一个"霞"。孙霞说，杨秋生，我是谁？

秋生说，你叫孙霞。

小女子说，在固城县中我们那届同学中，你是2班的，我是6班的，你那时眼里有了她，哪里还有我们其他女生。小女子说，宋一琼，这三个字你刻骨铭心吧，秋生没理由不信。

这小女子孙霞，应该是县城人。她这番话并不是他们当年读书时的实情。在县中，即使是县城的男生，也不屑与秋生这种乡下来的同学搭讪的，何况是县城的女生，何况是县城长得漂亮的女生。但孙霞这样说，秋生心里高兴。孙霞突然起脚一跃，将自己的姓名踩在脚下，又一跃，杨秋生的姓名又被她踩在脚下，歪过头来朝秋生调皮一笑，让秋生想起当年县中教室门前跳格子的女生。孙霞将树枝朝秋生手里一送，跷起一只右脚，说，老同学，赏你一个献殷勤的机会。那只脚上是一只白球鞋，鞋底鞋帮上沾上了一坨坨新鲜的湿泥巴。孙霞那样站着，凸显出身材的袅娜，裙子下白皙的大腿逼到了秋生的眼前，秋生别无选择。秋生说，既然你认我是老同学，那就在我这里吃晚饭。

那，就去学校食堂吃。

秋生说这怎么行，我怎么能在食堂请老同学吃饭。

我知道杨秋生同学现在是杨老板，可我还是喜欢在学校食堂吃饭的滋味，让我也有机会体验一下男女同学在食堂共进晚餐的感觉。孙霞说最后一句话的时候，又是一脸的俏皮，不由得秋生不答应。

秋生带着女同学孙霞加入了大学生们上食堂的队伍，正是夕阳西下的时刻，晚霞映红了小径边柳树上的枝叶，拎着的铝质饭盒叮当作响，让秋生有些恍惚。

秋生买了很多菜，要了一瓶红酒。俩人面对着狭长的学生餐桌而坐，桌上的酒和菜显出几分热闹，像是一对大学生情侣庆祝秘密的节日。孙霞说，太铺张了，不像。孙霞指指隔壁那张桌子，那桌上面对面也坐着俩，一男生一女生，一人面前摆一饭盒。孙霞把红酒瓶放到桌腿边，说，从现在开始你是医疗系大四男生杨秋生，我是你泡到手的大二小师妹孙霞。师兄，咱开吃。秋生偷偷看那俩学生，正含情脉脉看着对方，哪里是想吃饭，分明是恨不得吞了对方。秋生刚收回目光，孙霞又用筷子朝那边一指，女生正夹了菜朝男生嘴里喂，男生夸张地闭了眼张嘴期待。孙霞说，张嘴，秋生张开嘴。孙霞说，闭上眼，秋生闭上眼。孙霞也将筷子上的菜送进秋生口中。孙霞说，师兄，味道幸福不幸福？秋生咀嚼着菜点点头。孙霞说不行，得说出来。秋生看看四周，食堂里的学生无人注意他俩。秋生说，幸福，幸福死了。

孙霞说，师兄，我要吃鸡脖子，秋生用筷子夹住鸡脖，左右扫了一眼，朝孙霞口中送去。秋生说，闭眼，孙霞将一双眼睁得更大，盯住秋生。孙霞说，我不，我要看着我的师兄老公喂我，秋生说，睁着就睁着，多大事，勇敢地将鸡脖子送到她口中。

　　这一餐饭你来我往吃了快一个钟头，吃完了秋生要去洗饭盒，孙霞在桌子下面用腿绊住了他。孙霞说，师兄，你是老公，是咱小家家的男当家，洗碗是小主妇的活。孙霞收拾了碗筷，丢一个眼色。秋生坐下，看那些成双成对的学生，真的全是女生捧了饭盒去洗碗池。男生一个个像个爷们儿坐着，自得地跷着二郎腿。秋生心里笑了，他妈的还真像。

　　出了食堂，秋生说，现在去哪里？

　　孙霞说，去上晚自习啊。

　　他们踏上杨柳依依的校园小径，月亮已上树梢，小径旁的水面波光荡漾，哪里才是上自习的教室呢？孙霞说，跟上前面背着书包的学生走。前面就是一对背着书包的学生情侣，他们牵着手走进一楼的一间阶梯教室，开灯，开电扇，男生友好地朝秋生一笑，秋生很感谢这样的认同，想摸出裤兜里的香烟敬一根，觉得不妥。孙霞牵一牵秋生的手说，你稍等。一会儿，孙霞捧着几本厚厚的书到了教室门口，她站在讲台边左顾右盼，那对小情侣坐在第一排，她径直朝最后一排走去，说，师兄，就坐这。

　　秋生说，这书？

　　隔壁教室里摸来的。孙霞用一根指头掩嘴，小声说，没有书就没有校园的爱情。

　　秋生打量这个教室，四周的白墙壁已经发暗，近处有几处凹坑，秋生目测了一下，当初的泥工粉刷时明显偷减了工序，讲台前的屋顶左角落显然漏水，墙壁上尿液一样的黄色洇出了一个悬挂的瀑布。只是那黑板大得惊人，比他在县中读书时的黑板大一倍，看两侧有滑道，秋生判定那黑板可以上下移动。黑板上画得满满的，是一支巨大的箭将两颗巨大的心贯穿在一起，那箭的箭头直抵教室的墙角，从秋生的角度看过去，正对着右墙角一个盘子大小的蜘蛛网。只是网中的蜘蛛并没察觉危险，岿然地趴在网中心。两颗心的中间分别写着两个名字，一个叫王军，一个叫陈洁。这让秋生想起孙霞在鞋印里写下的他和她的姓名，秋生将那鞋印里的一笔一画都记得清晰。

孙霞说，师兄，上去，将那俩人的名字改成我俩的。

教室里除他俩外只有那对小情侣，秋生动了动屁股，还是不好意思，秋生说，我俩的名字留在鞋印上了。

孙霞说，那就写上"杨秋生"和"宋一琼"。

秋生说，师妹，我今晚的女朋友名叫孙霞。

孙霞说，暂且饶过你，按规矩，男生得先交代自己的情史，你先交代和宋一琼的浪漫史。

孙霞说，初吻在哪里？什么时间？

秋生说，第一次是在教室里，那天放学后我们俩值日。

孙霞说，初次做爱在哪里？是高二还是高三？

秋生说，这问题我申请不回答。

孙霞说，不行，审查不通过，恋爱随时中止。

秋生说，你看，你看，人家嫌我们讲话影响学习呢。孙霞看教室前面，一会儿工夫，教室里已稀稀拉拉坐了不少人。孙霞伸出手指捅一捅秋生的腰，说，你看，你看，我也要。

前面的座位上，一男生正把女生搂在怀里亲吻。秋生转过脸，在孙霞脸颊上吻了一个，孙霞说，假，我要真的。秋生一把把孙霞勒进怀里，将嘴唇压到孙霞嘴唇上，孙霞的舌头毫不犹豫地探进来，将秋生的一腔热血搅得翻江倒海。有人一个喷嚏惊醒了他俩，孙霞坐正，说，看书。秋生装模作样地打开书本，正是一张女性人体解剖图，秋生想翻到下一页，孙霞伸手按住，说，师兄，我有问题不懂，向你请教。

这部位是什么？孙霞一脸坏笑。

乳房。秋生很严肃地说。

乳房是用来干吗的？

奶孩子的。

这部位又是什么？

秋生一看孙霞指的部位，眼光转到别处，说，亲爱的师妹，这个老师还没有教我。

孙霞一只手拎住秋生的耳朵，说，师兄，你的大大的狡猾。

又有人回过头来用目光抗议他们破坏了教室的宁静，孙霞说，撤，秋生起身往前走，孙霞指指左边的窗口。秋生会意，轻轻一纵，跳到了窗外花圃里，孙霞立在窗台上，说，师兄，抱。秋生张开双臂，将跳窗逃学的师妹抱进怀里，久久不舍得松手。

就在校园的长椅上，秋生梦回当年，将高中时的恋情变作一腔苦水向孙霞尽情倾倒。这些情缘，秋生不敢跟父母说，父母若是当初知道会敲断他的腿，不敢跟最好的兄弟朋友说，他们知道了秋生就成了永远的笑柄，但借着校园的月色，秋生一股脑儿说给了孙霞，说他初吻时的紧张，说他们第一次做爱时的疼痛和无措，说他落榜后的绝望崩溃。说到伤心处，眼泪和鼻涕抹得孙霞胳膊和手上到处都是。孙霞静静地听着，不时从坤包中掏出纸巾为秋生擦拭，偶尔轻轻拍着秋生的后背，像是母亲拍着一个不肯睡觉的儿子。秋生抬起头，看到月光下孙霞美丽的眼睛里泪光晶莹，秋生认为孙霞一定是为他死去的爱情而痛惜。秋生在刹那间视孙霞为知己。

孙霞说，她高考也只考取了一所师专，毕业后分到乡村中学，一年后就辞了职，到省城闯荡，现在在一家建材公司推销钢材。秋生说，孙霞，只要你在做钢材，我工地上的钢材以后都由你送。

孙霞从椅子上站起来，正面看着秋生，秋生说，怎么，你不信？咱俩拉钩，一百年不变。孙霞说，杨总，我可不把这事当儿戏，天上有月亮公公，地上有万物生灵，他们可都听见了你说的话，你别敷衍我。

秋生没想到一谈生意孙霞变了个人，便正色说，师妹，在你面前，我吐出的话一字一钉，你尽管来找我。说完，心中又觉得不是滋味，这钢材的事对大楼来说可不是小事，每回都要反复验审货家才敢拍板，秋生恨自己嘴快，说出的话，已是泼出的水。

夜深，孙霞要走，秋生不能留，只能到工地上派车送她。民工们有的还没睡，围在路灯下打牌。工地材料员看见他俩牵手而回，淫邪地打了一声呼哨。他一定以为老板把这个女人睡了，工地上不成文的规矩，来推销建材的女人都得陪老板或者材料员上床。秋生走过去，亲热地搭着他的肩膀，说，说句话。材料员是个小伙子，见老板高兴，喜滋滋随了老板走。拐过墙角，老板突然下手冷不丁握住了他裆中的卵蛋，材料员痛得弯下腰，老板，你，老板的手又一紧，材料员脸一下子白了，冷汗热汗全冒了出来。小伙子哽咽着说，老板，我哪里敢抢老板盘里的菜，借我几个胆也不敢。老板的手松开了，又把手搭上他的肩膀，表扬说，脑子好使。孙霞说，杨总，你们嘀咕什么。秋生说，这是我的材料员，我告诉他以后别家的钢材统统不要了，以后只与你联系。

秋生回到宿舍还不想睡，秋生想，孙霞陪不陪客户上床呢？这个问题让秋生想得头痛，秋生连抽了几支烟，还是放不下这个问题，想得越久心也跟着痛。秋生在痛苦中回想刚刚离去的这女人模样，居然和宋一琼的形象重叠起来。

孙霞拿来的学生课本被秋生扔在凉席上，秋生躺到床上，翻到那一页女性人体解剖图，用手指触了触孙霞指过的部位，暗自笑了。他觉得枕头硬得有些硌人，随手一扔，将那砖头厚的书塞到头下做枕头，果然，舒服了不少。

东　牛

东牛逢到节假日都得去看望老四冬宝老婆母子俩人。老四冬宝原来是东牛的项目经理，盖石化公司办公楼时出的事。冬宝是个办事让东牛放心的人，不然东牛也不会把一幢高楼交给他负责。问题出在石化公司的缪总身上，缪总是个呼风唤雨霸道的家伙，仕途上顺风顺帆没呛过水，胆大心却不细，在进设备时受贿被拽住了尾巴。缪总被双规时，东牛急得像热锅上的蚂蚁，比双规的缪总还难挨时辰。别看现在的建筑开发公司老总一个个风风光光，但当初起家时无一不是在当官的面前摇尾乞怜，才扒到第一桶金。当然，你光会摇尾巴摇不来工程，人民币才是硬道理。那时的东牛还刚起步，账上连十万元都拿不出，缪总开出的价码是一百万元。东牛和老四冬宝回固城老家借民间的高利贷，伍拾元和壹佰元的大票还没出来，拾元的纸币他俩塞了一化肥袋，俩人夹着化肥袋，一身汗臭，满腹心事，东牛说这要是肉包子打狗有去无回，我可要被要债的人一口肉一口血活活吞了。老四说，只要缪总肯收了，还怕他敢不把工程给我们。当官的性命看得比你重，你一个光脚的还怕他一个穿靴的赌命。东牛想想也是，在一个漆黑的夜晚把化肥袋扛进了缪总的家门。可缪总不是刘胡兰，他一进去就软蛋了，把什么都招了，包括东牛扛的化肥袋，包括老四逢年过节送的烟酒茶叶。检察院接着把东牛和老四请了进去，东牛死不认账，只承认给缪家送过一麻袋山芋，老四冬宝却把什么都扛了过去。老四被判了刑，老四对探监的女人说，我进来了，只苦了你们娘俩，大师兄进来了，几百号人就没了觅食的去处。

东牛当然不能苦了老四冬宝的老婆和儿子。东牛把他们从乡下接进城，从账上挤出一笔钱，给娘俩在南湖新村买了一套两室一厅的公寓房，接着出钱给老四的儿子联系了一所有名的小学读书。东牛说，老四的工资和奖金一分不会少，老四媳妇，你有什么难事尽管开口，你娘俩的事就是公司的事。老四的老婆感谢不尽，那时东牛自己还睡在公司的办公室呢。

买房时老四冬宝的老婆要的是一楼，一楼有院子，东牛去的那天是伏天的中午，乡下女人毕竟是乡下女人，她把院子弄成了一块菜地，椒红茄紫，欣欣向荣。东牛说，你可千万别上粪肥，老四老婆说我晓得，我不会让楼上的邻居嫌的，这地没种过庄稼，底子肥，栽什么都长得枝茂果实。老四的老婆正在忙着"晒伏"，这是老家的习惯，梅雨天一过，家家户户都把箱底翻个底朝天，把秋天的夹衣冬天的棉服被褥统统晾到太阳底下，免得因潮湿而发霉。从前在村子里，这也是殷实人家展示的一个平台，女人们结成伴，这家院子进那家院子出，大呼小叫，夸张的赞美让受吹捧的女主人捞足了面子，也让家底寒酸的婆娘们落下委屈。东牛看着院子里红红绿绿的衣服，问孩子的毛衣够不够，过冬的滑雪衫要不要添。老四老婆说，都有了，你不是叫公司的人送来了吗，我还没顾上谢你哩，小孙的目光可准了，买的衣服既合身又新潮，把娃崽子打扮得像个城里人一样。东牛诧异，哪个小孙，老四老婆说，你公司的女子小孙啊，来过几回了，送这送那的，说是你吩咐她的，刚才还来电话，说一会儿就到。东牛没吭声，公司管理层里没有姓孙的女子啊，我倒要看看这天上掉下的"孙大圣"是谁。正说着，门铃响了，老四老婆快步去开门，东牛听见一个几分熟悉的女声说，嫂子，讲好今天来帮你"晒伏"的，有点事儿耽搁了。

东牛双手撑在沙发上，等那女子换了鞋进客厅，居然是孙霞。孙霞说，哟，老板也在嫂子这啊，东牛不由得将撑着沙发的手放下了。东牛让了让沙发说，孙霞，坐吧。

哪有和老板平起平坐的道理。孙霞朝东牛嫣然一笑，那颗虎牙正冲着东牛。孙霞将烟缸放到茶几上，又拎来水壶帮东牛的茶杯续水。水汽升腾，模糊了孙霞的脸，让东牛想起了那晚镜子里这女子的影像。东牛嗓子眼一时有些干，东牛咽了咽喉咙，抬手抹了抹上下滑动的喉结，手感竟像是又捏住了那枚孙霞递的潮湿的香皂。孙霞说，嫂子，来晚了一步，你把活儿都干完了。

老四老婆说，你来陪我说说话就行了，还真的每回都劳动你。

孙霞说，我们老板喜欢吃杨梅，我要知道他在这，路上就捎带了，要不，嫂子你去买点来？

老四老婆应着，推门去了。东牛说，谁说我喜欢吃杨梅？

孙霞找个椅子坐下来，说，杨梅酸呀，你要不喜欢酸东西，那天我过生日怎么会提前走？

东牛被她这句话噎住了，无语。孙霞这天穿的是一袭碎花连衣裙，坐在椅子上伸出两条长腿，脚上穿一双黑凉鞋，却配了一双雪白的袜子。孙霞说，大哥，你看什么呢，你不是盯着我的手看，就是盯着我的脚看，我就只有手和脚长得受看吗？东牛说，我从前认识一个爱穿白袜子的小姑娘，也姓孙，她是我老师的女儿。

孙霞说，我知道那个女孩是谁，她爸是乡校的教导主任孙长杰。

东牛仔细打量孙霞的面孔，用手指朝孙霞的额头点了点，说，明白了，孙悟空逃不出如来佛的手心，看来我逃不出姓孙的手心。

东牛记着孙霞的爸孙老师，初一那年，东牛家贫，父亲生病挣不了工分，东牛歇学牵起了生产队的牛缰绳，可孙老师不依，三番五次上门动员他父母。那一天中午东牛拴了牛回家吃饭，正碰见孙老师苦心婆心地劝说他爸。东牛羞于见老师，立在院子里不敢进门，正是母亲"晒伏"的日子，晾衣绳上挂着东牛家满是洞眼的棉絮，东牛透过洞眼看见了孙老师的女儿，那是一个在东牛眼中天使一般的小姑娘，穿着的确良的花裙子，崭新的塑料凉鞋，脚上还穿着一双白袜子。夏天还穿着袜子，这在当时的东牛心中是无法想象的，即使支书的女儿夏天也没钱穿袜子，那是村里人无法想象的奢侈。东牛的童年没有袜子，即使是冬天也是赤脚穿上一双芦花草鞋，而夏天，东牛看看自己，上身赤膊，母亲说可以省衣衫，下身穿的是一条补丁垒补丁的裤衩，脚上当然是赤裸的五个脚趾。东牛以前不觉得自己这样的穿着有什么寒酸，可在这小姑娘面前，东牛羞惭不堪。小姑娘偏偏看见了他，惊喜地告诉大人，他回来了回来了，把他扯到了孙老师面前。

东牛最终没有复学，却记住了小姑娘，天底下还有一种生活在天堂里的城里人。

东牛问孙老师可好，孙霞说退休了，身体挺好，还时常惦记着他乡中的那些学生，他还记得你的名字。

东牛说，那时你可没有虎牙，似乎连门牙也缺两颗。

孙霞说，你不喜欢我的虎牙吗？我明天就拔了它。

不，我喜欢虎牙。东牛说，喜欢那个穿着白袜子的小姑娘。

大哥说的可是真话？再过三天，就是我的生日，那你送我一打白袜子做礼物。

东牛说，你今年的生日不是已经过了吗？

我过的生日可多哩。高兴，过一回生日。不高兴，也过一回生日。但这回是我真正的生日。

三天后，东牛想了想说，不行，三天后我正在北京开会。我明天就叫人把生日礼物给你送去。

女人生日多，男人会多。孙霞挖了东牛一眼，说，我就知道你会推托，北京没有会议，广州会有会议，广州没有会议，乌鲁木齐会有会议，指不定是纽约、东京有会议。反正，你找得出一百个理由。

四嫂推门进来，将杨梅洗了端上茶几，孙霞拈了一颗放进嘴中，说，真酸。四嫂说，要死，我没顾上先尝一颗。东牛塞了一颗到口中，说，不酸，甜呢。

临走时，东牛把孙霞喊到一边，说你把帮老四家买的东西都列个账，交公司报销。孙霞说为什么，冬宝可是我爸教了三年的学生，你要不过意，那就别忘了答应我的一打白袜子。

东牛说，让我买飞机我买不起，一打袜子我还买得起，我知道，天使都穿白袜子，长着虎牙的天使也是穿白袜子。

东牛说，孙霞，难为你替我惦记着老四家的，公司上上下下几百号人，只有你一个外人还想着这母子，要不，干脆到公司来上班吧。

孙霞笑着说，不，还是不给你当下属好，哪有老板给下属送袜子的呢。

东牛想，这女子可真是伶牙俐齿，看来她不枉比别人多长了一颗虎牙。

红 卫

红卫喜欢把自己的床放在在建楼的顶楼楼板上，只要不刮风下雨，红卫都要扯掉活动板房的顶，躺在床上看满天的星星。打小红卫就喜欢露宿，夏天的夜晚嬉戏累了，湖滩上找条船往船板上一仰就躺到日出。冬天的夜晚爬到草垛顶上，看村上人家的灯火一盏盏灭了，自己往草垛里越陷越深，醒来时已在垛心。红卫的家人也习惯了他这种习性，本来乡下人家的小孩就多，当小猫小狗一样养着，只有吃饭时饭桌上少了人头，才会在巷子里喊，你妈妈喊你回家吃饭了。

从挖基槽开始，红卫就催着喊，老子急着到楼顶上看星星了，这实际上是在催进度，工人们都卖力地干活，等到老板真的在楼顶的水泥板上搭上活动房，大伙就眼巴巴地盼着老板发奖励。你别以为老板的奖励是钞票，不是，是塑料女娃。

还是因为憋足了劲的工人们顾不上怜香惜玉，用不了多久塑料娃娃们就会集体罢工。工人们叹口气，只有期待老板新一轮的奖励。拾垃圾的老头老太在红卫的工地上常常有意外的惊喜，即使是断胳膊少腿的塑料娃娃，也比矿泉水瓶子卖出几倍的钱，别小看红卫这一招，好多手艺好活儿棒的工人投奔红卫暗中就是奔着它，它可比洗头房的小姐省钱省事多了。

都说红卫是一个粗枝大叶的人，其实哪一棵能长得叶茂的树都根深，那地底下的根系说不定能穿得过针眼。红卫喜欢把一沓沓的现金放在包中，在所有的饭桌上都抢着付账，零钱从来都不用找。红卫永远是一身名牌，尽管搭配上可能会露出一些牛头不对马嘴的破绽，但这影响不了他款爷的形象。当别的施工队长还在考虑买不买桑塔纳的时候，红卫已经贷款购车坐上了奔驰。你千万不要以为红卫是浪费钱财，跟人民币过不去，任何一家甲方都得看看施工队的实力，或者说看看施工队长是乐为哥们共同谋利益的大料还是抠抠搜搜的小农。红卫在业内的做派往往能受到甲方的青睐，甚至与大师兄东牛竞标时也能把实力强他几倍的东牛挤对得落荒而败。红卫的名言是，酒，当它是水，钱，当它是纸，女人，当她是塑料人儿。倘若红卫想争的标，别人让一个点，红卫眼睛眨都不眨，说，我让几个点，你甲方说了算。你别担心红卫会做赔本的买卖，用红卫的话说，人与人都是处感情处出哥们的，工程开工少则一年半载，多则两年三年，一块儿喝酒打牌，一块儿唱歌洗澡，他能眼睁睁看着你蚀得裤子没裆？没有的事。

说起来孙霞认识红卫，还是红卫的女人介绍的。她俩是瑜伽班的同学，红卫对内的策略是"包大奶"，女人不是喜欢花钱吗，做美容买衣服，红卫的女人还向他提出买一辆车。红卫无条件接受，女人你得让她有事忙活，她自己有事折腾，就没有时间来折腾你。可孙霞这个女人硬是有能耐，居然和红卫的女人结了"姊妹"，居然忽悠得红卫的女人帮她向红卫推销钢材。孙霞成了红卫家的常客，红卫难得在家待个半晌片刻，还是少不了能碰到。红卫不喜欢女人插手工程上的事，红卫心里冷笑着，一句话就让女人闭了嘴。这工地上的钢材给谁做都行，只是我资金紧张，货款没有三五年怕付不清。

　　两年前的一天下午，红卫在楼顶上发愣，天上没有星星，只有冬天半死不活的太阳，像是红卫当时的心境。红卫缠上了师大的一位女生，追这位女生红卫可是长线投入，几个月来再忙再累红卫都晚上十点去图书馆接这个女孩回宿舍，星期天坚持陪吃陪喝陪玩，送礼是从手机送到笔记本电脑，终于将鱼儿钓上了钩。红卫到最豪华的五星宾馆开了房间，俩人从黑夜到早晨，又从早晨到黑夜，红卫嘴里念念有词，每个回合都念叨一个不同的词，金鹰，银都，德基，女孩在身下听不懂，说你说什么呢，红卫说这是我老家方言里的爱称。其实这些都是红卫曾经为女孩大把花费的商城，只怪为女孩购物的商家和次数太多，红卫忙得连吃饭也顾不上出门，打电话让宾馆餐厅送餐。红卫嘴上自夸英勇善战，其实是背地里偷偷服了伟哥。女孩走了，红卫在宾馆睡得天昏地暗，可醒来洗澡时发现自己那玩意儿火辣辣痛，红卫不喜欢戴套，觉得折腾了半天原来是跟橡胶皮较劲，伤自尊。红卫安慰自己，就是一挺机关枪打长了枪管也会发红发烫，何况这肉棍儿。可细一看，那玩意儿上居然长了一个泡儿出来，红卫傻了，匆匆退了房去买了几本医学书籍，打算到楼顶上自学成才。红卫关了门在宿舍刻苦钻研，理论联系实践，结果始终是似是而非。红卫难以想象，现在的女大学生也赶上了这时髦病，看上去玉质琼面，内地里却肮脏成疽。想打电话问个究竟，却又怕是自己从别处传染来的，弄巧成拙。懊恼万分，一提裤子，就走出宿舍在楼顶上呆坐。

红卫想不到孙霞这时会来到他工地上，孙霞显然是从楼梯上一步步攀登而来的，停步就摘下安全帽不住地扇凉，脸上红扑扑的，腮上的长发已有几缕被汗水粘住。红卫没心情，却又不能不招呼，说你怎么来了，孙霞说，你隔壁的施工队是我的客户，顺路上我妹夫这里来参观参观。红卫将她引进屋里，挪步给她泡茶。孙霞忽然笑出声来，红卫心里一惊，糟糕，桌上那几本有关性病的书还没收拾起，孙霞说，难道我妹夫还靠这塑料娃娃解决事儿，红卫转过脸，孙霞正指着墙角赤身裸体的人儿捂嘴而笑。红卫说，不至于，那是给工人发剩下来的奖品，人性化体现。红卫赶紧上前想将那塑料人儿藏起，可又无从可藏，那塑料人儿脸对着他一脸媚笑。红卫只得作罢，要紧的是得收起桌上的书本，孙霞说，别瞒头藏尾了，我都看到了。红卫说，你看到什么了。孙霞紧走几步关上宿舍门，说，看到这书，看到你走路的架势。红卫一时窘得无语。

孙霞说，脱，脱下来让我检查一下。

红卫说，你做过教师，又没有做过医生。

孙霞说，我辞职进省城后，第一个工作就是在私人诊所做护士。

红卫僵持着，不动手。

孙霞说，我现在讨这口饭吃，经历得难道少吗。

孙霞说得真诚，红卫有几分犹豫。孙霞说，我是你女人的姐，就是你的姐。红卫还在迟疑，孙霞已解开他的裤带，红卫又窘又羞，那家伙耷拉着脑袋，让红卫恨铁不成钢。孙霞捉摸一番，说，没事，只是作业多了，摩擦起的水泡。红卫说我凭什么相信你说的是真的。孙霞说你莫非还要我跟它操练一回，用我的身体来做担保，你不看看它现在的熊样。孙霞红着脸看红卫一眼，那眼神让红卫不能抵挡，像是菜农看见了地里的一截烂黄瓜，就在这一刻，红卫下定决心，必须让这个女人有一天在自己身下干得她喊天天不应呼地地不睬，才能赢回今天失掉的男人尊严。

红卫没吹牛，没到一个星期，红卫说到做到了。

秋　生

秋生那天在东郊宾馆见到孙霞时，已经距他与孙霞工地相认老同学有五六年之久，孙霞成了红卫的二嫂，秋生也带上了自己的女"研究生"，秋生心里还是摆不平。秋生心里嗤笑红卫，你红卫再牛，与你相比我才是"先进工作者"。

像红卫一样，秋生这五六年身边不乏研究生，秋生却没有找到他要的爱情。

孙霞那天离开医学院后，秋生一直期待着孙霞到医学院的工地上来找他，为此，他将工地的办公室每天都打扮得焕然一新。秋生新换了一张豪华的办公桌，配套的是一张真皮转椅，秋生甚至在桌上布置了一个玻璃花瓶。在星期五的早晨，他会吩咐司机去买来红艳艳的玫瑰花插上，孙霞上次来的那天就是星期五，其他的日子他让工地的厨娘在花瓶里插上校园后山上采摘的野花野草。秋生是一个浪漫并不浪费的人，比如桌上摆着的抽纸，当初他在东牛的办公桌上发现的时候，心里也不以为然。都是从泥巴里滚大的乡下人，从前蹲完茅坑找一块瓦片或者捋一片豆叶就解决问题，进城后换成了旧报纸，东牛说，用这卫生干净，谁用谁知道。秋生说，可这显摆得铺张，一个农民包工头的屁股恨不得金贴玉镶，让人笑话。东牛说不铺张，他抽出两张，让两张纸重叠一半，再折，重叠三分之一，东牛做事认真，连擦屁股都用上了数学，秋生不得不佩服大师兄，从此记在心里，落实在行动上。可后来才知道，那抽纸人家是用来擦嘴巴不是擦屁股的，东牛当时也没弄明白，此事成了俩人私下的一件笑料。

可连续几个星期，孙霞都没有露面。桌上的玫瑰花谢了又换换了又谢。秋生心里着急，问材料员钢材用完没有，材料员说没有，仓库里还堆着像山一样呢。秋生说，听说钢材要涨价，咱多囤点货。材料员说那您给那个女同学孙霞打个电话就会送的，秋生说我不打你打，秋生脱口报出了孙霞的呼机号码，材料员说您自己打不更好，秋生说让你打你就打，听你的还是听我的。秋生当时也没想到，那钢材过了一个月真的疯长了一千多元一吨，材料员直喊老板信息渠道过硬，秋生心里偷笑，认定孙霞是他的福星，这是后话。

孙霞来送钢材，还是和秋生一起在校园内吃饭散步，谈资还是秋生的恋爱史，为什么话题总要转到宋一琼那里去呢。秋生现在身边的人是孙霞，秋生每次与孙霞分手后都挺后悔，这不是顾左右而言他吗，孙霞不嫌其烦地听着，有一天说，倘若你也考上大学，倘若你真的和她结了婚，现在也不过住这些青年教师的筒子楼，锅瓢碗筷，牢骚满腹。秋生说那不同，我情愿过这样的日子，只要和相爱的人在一起，当然，未必那个人就是宋一琼，我咽糠菜住猪窝也乐意。

孙霞说，除了宋一琼，你心里还有谁？

秋生说，你。

孙霞嘴角一撇说，我才不愿过那样的穷日子，你去过那些青年教师的宿舍吗，秋生说去过，学校还临时在里面给了我一间房，我嫌不方便没搬。孙霞说，杨秋生，难得你这把年纪还有梦。可怜我讨厌那筒子楼，却只有住筒子楼的命，你把钥匙给我，我正好租的房子到期，让我过渡一阵子。

秋生没想到他与孙霞的故事就是在筒子楼发生，孙霞把秋生带进筒子楼的宿舍，过道上是磕磕碰碰的简易灶罐。孙霞牵着秋生的手，曲曲折折走到那间现在是孙霞的宿舍门前，打开门，孙霞的宿舍布局和这筒子楼的每间宿舍都一样，不是这些大学教师们缺少创意，实在是这弹丸之地容不下创意的空间，里侧是一张床，外侧是两张办公桌，门外是一套煤气灶具。孙霞说，今天你不是你，你是考上大学留在城市的新郎官，我不是我，我是那个没有抛弃你在医学院上班成了你新娘的宋一琼。秋生说，你莫非又想导演一出戏。孙霞说，我不仅是导演，还是女主角。

秋生说，这屋子缺少点喜气。

孙霞说有，变戏法一般拿出几张剪好的大红"喜"字，高高低低摆到桌上，顿一顿，又分别在枕巾和被子上各摆一张。

秋生说，这屋里还缺少点情调。

孙霞拎出一瓶红酒，两只酒杯，说，郎君，来，新郎新娘喝一个交杯酒。

秋生假戏真做，真的做起了新郎，孙霞并不抵挡，任他纵马由缰。秋生说，孙霞孙霞，我爱你，怀里那个让秋生热血沸腾的胴体说，我不是孙霞，我今天的名字叫宋一琼。

事毕，孙霞竟然从身下抽出一块染红的白手帕，那上面星点梅红，俨然是处女血。秋生说，她早就不是处女，在县中的宿舍里就给了我。秋生想说的是，孙霞孙霞，你怎么可能到现在还是处女身，你怎么肯把处女身留给我秋生？

孙霞说，我也早在学生时代把初夜给了别人，只不过那是一个猪狗不如的男人。

秋生说，那这。

孙霞说，傻瓜，这是我从农贸市场弄来的鸡血，你们男人结婚不都要见红吗？男人有梦想，女人有对策，有几家婚床上还真的是处女红？这点常识就差写进《新婚必读》了。

孙霞说，你别急着感动，不定也是为了我自己圆一个梦。

孙霞嘴上说得轻松，秋生烛光下看孙霞的面孔，却是一脸晶莹的泪。

此后的秋生一连几次再去敲门，都是铁将军把门，秋生问邻居，说这里可有人来住。邻居说，有人轰轰热烈搬来过，第二天又轰轰烈烈搬走了。秋生不禁怀疑那一夜不是梦就是鬼片。连续一个多月孙霞都没有音讯，打公司电话，不接，打呼机，不回。秋生顾不上许多，守在她公司的下班路上截住了她，说，孙霞，你把我引到井底下，你割断了绳子就这样走开了？孙霞说，你要怎样？现在是不是要绑我上你的车？她拉开车门坐到副驾驶座位上。

秋生发动车，孙霞说，现在我们去哪儿？

秋生不吭声，车沿着公路一直驶到郊外。车停在一处池塘边，冬天的原野暮霭重重，近处农庄的炊烟仿佛是这背景上添上的重墨，池塘的四周尚留着阳光没能融尽的残冰，而池边上零星立着的几棵树黄叶凋零，只剩一两朵枯叶在枝头摇曳，秋生觉得这场景正是自己此刻的心绪。秋霞就立在身边，伸手就可搂入怀中，可秋生知道已不可能。还是孙霞开了口，说，怎么，还是忘不了你的初恋情人吗？

秋生说，忘不了的是你。

孙霞黯然一笑，我在你眼中只是她的一个替身，只是过眼烟云。你若是真能跳出来，我就开心知足了，一个男人，有多少大事在等着你去做。

秋生说，我这样的男人没出息，心里总得有个人占着。

孙霞说，可惜我不配，我是一个俗人，我想着的是赚钱，赚钱买洋房买靓车，赚钱周游世界去夏威夷马尔代夫，只有有了钱，我才能为所欲为，成就我想做的一切，我圆你的梦，首先是为了你是我的客户，我认识你的动机就是为了业务。而你与我不同，你是一个事业有成的男人，心里却不忘追求着一份纯真，老实说，你是一个高尚的人，一个脱离了低级趣味的人，老同学，在你面前，我羞愧万分，只有当我是扮演另一个人时，我才能在你面前有情义有自尊。实话告诉你，今天如果不是为了保住我的生意，我肯定落荒而逃，为了钱，我能说服自己接受一切，可我不想再让你碰我，那会将一个我敬重的人诱入歧途。

秋生说，我从没见过你这么厉害的女人，你分明是把我放在火上烤。

孙霞说，我知道，你还想着和我有第二次第三次，如果你那时把我真的是当作我，那么，秋生，我告诉你，浪漫的事情一生只有一次才是浪漫，做多了就会变成庸俗。

秋生捡起一块土疙瘩，砸进池塘，只听得见沉闷一响，止水不惊。

孙霞说，我知道你寻找的不仅仅是女人，你要找的东西我这个年龄这份职业已丧失殆尽，也许，牛奶会有的，面包也会有的，不在我这里。

秋生偃旗息鼓，钢材还是让孙霞继续做，心已凉了下去。有一天，孙霞主动打电话约他喝茶，秋生的心又活络起来。落座，孙霞不是一个人，带来了一个学生模样的女孩，孙霞介绍说，这位是杨总，这位是白雪，医学院大二的学生。秋生说，是真正的师妹？孙霞不接话，自顾往下说，我实话实说，白雪家里贫，父亲卧病在床，偏偏医学院又得读五年，逼急了就去了夜总会，我是陪客户去娱乐时认识她的。

女孩抬头大方地看了一眼，眉眼长得倒也周正，说，孙姐，其实我的真名叫孙茉莉，白雪是我在夜总会的艺名。

孙霞说，我向白雪，不，向孙茉莉介绍了你的人品，她乐意跟上你一年半载，你把她从夜总会捞上岸。不过，经济上你得答应人家提的条件。

秋生说，孙霞，你，你这算什么事嘛。

秋生坐在那里尴尬，女孩也看出几分，说杨大哥你也别别扭，你就当是扶贫，我一个月要你五千，一半是我学费一半给我爹看病，我也想透了，零售不如批发，哪一天你厌倦我了，打个招呼我就走路。孙霞说，我坐在这里碍事，先走了。孙茉莉追上去，朝孙霞深深鞠了一躬，说孙姐，妹妹谢谢你了。

秋生像一根接力棒被孙霞传到了孙茉莉手里，这让秋生心里憋屈。但孙茉莉是个聪明女孩，有空没空都来工地上寻找杨秋生，时间一久，秋生将生米煮成了熟饭。秋生有心寻找那失去的浪漫，可当代女生都是物质女孩。孙茉莉过生日那天，秋生特地送了她一只钻戒，孙茉莉一看发票，价格数千，脱口说，你还不如将钱直接送我呢。

秋生在心里学了孙茉莉一句口头禅：我倒。

偶尔秋生还能在工地上碰到押送钢材的孙霞，孙霞说，找到了没有？

秋生说，哪里找得到，我倒。

别人问找什么，孙霞说，谁找谁知道。转过脸说，杨总，你找不到还乐此不疲，一茬一茬招研究生，心里偷着乐呢。

孙霞不知道，扶贫这活儿其实也上瘾。孙茉莉走了，秋生又有了张茉莉王茉莉，这是眼睛看得见的事实。可她们都是为钱而来，携钱而去。其中有个女孩直言不讳对秋生说过一句大实话，亲爱的，这年头还玩什么浪漫，那是校园里那帮口袋干瘪的青皮小子才玩的虚招。杨秋生晕，可一想，人家凭什么傍你，论青春没青春，论学历没学历，不就穷得只剩下钱吗。

几年以后，有一个女人找到秋生的办公室，秋生一下子没认出是谁，女人说她是宋一琼，秋生恍若隔世。原来她并没有留在省城，而是分回了固城一家乡镇医院，结婚后离异，找到秋生是求他通关系调到医学院的附属医院。秋生说你的模样怎么变成这样了，女人说我应该是什么模样，秋生无法说出口，他记忆中的她是孙霞的模样。

东 牛

东牛在这座城市有七八处房产，不是东牛有战略眼光，早就知道若干年后房价会一路疯涨的行情，而是出于无奈，房产全都是开发公司当初抵的工程款。有人发财是命里注定，当初东牛差的是钱，捧着购房合同像是捧着烫山芋，无人肯接手。时过境迁，东牛想不到房产几年间价格会连翻几倍，难怪古人说"塞翁失马，焉知非福"。东牛现在不差钱，当然不急着出手，这中间有一处是郊外的别墅，山清水秀，远离尘嚣，东牛星期天喜欢独自在这里度过。

星期天的上午东牛的手机总是关着的，按理说做建筑经理的手机是不敢关的。东牛有自己的想法，东牛觉得这东西太扰人，一个人不能总是像陀螺一样被这根鞭子抽得团团转，得有个空暇静下来想想东想想西，看看前看看后。关机的前几个星期天上午东牛心里还放不下，一个月尝试下来发现一切如常，自己的公司天没坍地没陷，于是这半天的关机就成了习惯。

这半天的时间东牛其实也排得满满的，别墅的前面是草坪，再前面是琵琶湖，后面是花园，再后面就是树木葱茏的玉屏山，这玉屏山用一个熊抱的姿势抱着这几幢别墅，像是一位小朋友抱着手中的积木，琵琶湖的波浪就成了近处伸来的一只只小手，一浪一浪扑岸想将这些可爱的玩具偷走，却只是徒劳。东牛这样看山水时，仿佛自己回到了童年，充满童趣。偶尔有鸟鸣在上空传来，不知是山上的鸟儿去湖中，还是湖上的水鸟去山中，东牛的心就一下子宁静如这山水。本来这样的别墅区是有专人负责管理的，但东牛不，东牛自己打理，东牛自己买了剪草机、加长剪等工具自己动手。上午十点，司机从老家准时赶过来，他是专程送菜来的，其实并不是什么山珍海味，豆腐青菜草鸡蛋，最多再买一只小草鸡，司机说菜钱都够不上车的油钱。可东牛就是觉得只有老家的菜才是菜，青菜是老婆在自家园子里种的，不施化肥，不洒农药，豆腐是村东老赵家卖了几十年的手工豆腐，石磨磨的豆料，木柴土灶熬的浆。老婆早年是专职陪读，陪女儿在县中读书，闲时侍弄自家的菜园子，女儿出国了也舍不下老家那块地。其实司机嘀咕归嘀咕，他乐得每个周末能回家和老婆小聚。菜来了，东牛喝一口茶，抽一支烟，然后进厨房自己做，自己吃。

孙霞来时，东牛已干完一番活，坐在草坪上的藤椅里喝茶。刚刚剪下的草叶还没来得及清理，偌大的园子里飘着新鲜的青草香，前院的大门开着，大概是司机走时忘了关上，孙霞径直走进来。孙霞坐下来，说，有钱人的日子才是日子啊，对了，东总，你就不想问问我怎么找来的。

东牛说，这事儿还不简单，以前我送礼，人家不告诉我家里的地址，我就在他单位等他下班，人家骑摩托时我骑自行车，人家坐小车时我骑摩托，人家在酒店喝酒时我在门外啃烧饼，人家在舞厅跳舞时我在马路上巡逻，人家上楼梯时我在门口候着他了。

孙霞说，你就吃准我是来送礼的？美得你，我上门是来讨债的。

东牛当然知道她说的是那一打白袜子，说，我哪里敢想你孙经理会上我的门送礼？只是欠你的东西尚没备齐，得宽容我一些时辰。

孙霞"咯咯咯"地笑出了声，说，我是为你工地上的事来的。

东牛正色说，在这里任何人都别提工地上的事。

孙霞说，也好，在这桃花源里还是远离那俗世清静。

东牛领孙霞参观了一遍别墅，别墅装修得挺简单，墙是白墙，地板是杉木地板，树干上的疤痕也实实在在留着，家具全是中式，没用油漆，东牛说只抹了固城产的桐油，孙霞却喜欢这样的朴素。孙霞说，我做梦都想在这里有一个房间。东牛说，我这里缺一个钟点工，想干，就留一个房间给你。

孙霞说，看来我在大哥眼里从来就不是天使，只是丫鬟命。

东牛继续修剪草坪，孙霞进了厨房。风和日丽，男人下地，女人下厨，只少了一点鸡鸣狗吠，东牛像是回到了固城的田园日子。女人在厨房的手脚就是比男人快。不多时，孙霞就端出了两菜一汤。菜一是素油青菜，一是韭菜煎鸡蛋，汤是腌菜汁炖豆腐。都是家常菜，但孙霞用的是固城老家的烧法，对东牛的胃口。尤其那汤，俗称"千里香"，说是闻着臭，吃着香，其实外地人无法入口，那腌菜汁是隔年的腐水，舀出腌缸时掩鼻难挡酸臭，炖时覆盖上一层厚厚的猪油，端出时别人唯恐避之不及，可东牛就偏偏好这一口，孙霞做得地道，东牛吃得香甜。

用完午餐，孙霞一扔碗筷，说，我要睡午觉了。东牛说客房在二楼，不，孙霞说，我要在草坪上晒"日光浴"，边晒边睡。东牛说，这洋人不怕别人偷看，你也不怕？孙霞说，只要你不偷看，谁也偷看不成。

东牛一觉醒来，孙霞还侧卧在草坪上，这女人可真敢脱，居然脱得只剩了脚上一双白袜子。东牛不知道要不要靠近，说，天使，来人了，快穿上衣服。

孙霞转过头，坐直身子，草青体白，晃得东牛眼花。孙霞说，来的是人，又不是狼。是你心里怕吧，你一个穿衣服的，还怕一个光身子的？

东牛走近，侧着身体坐到草坪上。孙霞说，脱，脱光了陪我说话，我光着身子你穿着衣服这不公平，在伊甸园里亚当和夏娃都没穿衣服。

孙霞说，你知道我小时候最大的愿望是什么吗？是在夏天的时候像你们一样脱光了衣服在草地上打滚在河里游泳，可我父母不准，说我是城里人。

东牛将自己脱了，看自己，胸不是胸，腹不是腹，长年不捉泥刀，身上已经肌肉松弛，典型的养尊处优的中年男人，不禁羞惭，抬头，看到的是雕塑女像一样的孙霞，乳是乳，臀是臀，东牛的眼光不敢朝深处看。

累了，冤了，我不哭。孙霞说，我在宿舍里脱光自己，洗衣服，做饭，唱歌。脱光了就把自己解脱了。

活着就得累着，我也一样。东牛说，有时候真不知道自己是谁，为什么活得这么累。你是城里人，又是念过大学的，体会不到。我不同，乡里人把我当城里人，有钱有势。城里人把我当暴发户，吃了你的，拿了你的，转过脸骂你是个土包子。

我是城里人吗？孙霞冷笑，在这座城市我无房无车没户口，受人欺受人骗，打落了牙齿往肚里咽。也就大哥你还当我是个人。

孙霞仰身躺下，说，我真想这样在草坪上睡过去，一睡不醒。

东牛的身体在微风中不觉得冷，倒渐渐热了。东牛裆间物难得有觉醒的时候，感谢这阳光灿烂，感谢这芳草青青，感谢孙霞这美妙的胴体。东牛不好意思地说，这小东西思想不健康，我回屋教育教育他。

各自冲了澡，换上了浴袍，孙霞犹豫再三，说，说到底我们都还是这世间的俗物，我今天来是告密的。

孙霞说，你认识我手机上的这个号码吗？

东牛看了一眼，是他姐夫的号码。东牛的姐夫负责工地的材料，东牛的心头不禁沉了一下。几乎每个建筑公司的管理人员都是老板的七亲八戚，东牛的公司也不例外。创业时，大家拧成一根绳，共煮一锅饭。可业大后，问题出来了，总觉得自己碗里的少，于是管财务的开始贪污，管现场的开始虚报工时，管材料的开始拿回扣，东牛两只手按不住浮起的十个瓢，苦思冥想，想出了一招。把自己这一边的亲戚和老婆那一边的亲戚搭配组合，互相监督。这是受了电视剧里的启发，那些古代做皇帝的常常就是将内亲和外戚的矛盾为己所用。姐夫的事已经有人举报，东牛就只有一个姐姐，姐夫家贫，东牛一拉队伍就把姐夫带进了城，这些年姐夫先是在村上起了楼，接着在镇上买了房，可姐夫在工地上的胃口也越来越大，先是捡工地上的废料卖给回收店，后是跟建材公司讨回扣，东牛睁只眼闭只眼，看在自家姐姐面上。可这回他胆子闹大了，将整车崭新的螺纹钢偷运出去卖钱，他以为神不知鬼不觉，现在进钢材一次就进成百上千吨，他以为钢材不是棉花，少个几十吨货没人能看出，殊不知早有人报告了东牛。东牛想不到的是，他偷卖的钢材恰恰是卖给了孙霞的公司。

孙霞说，你打算怎么办？

东牛说，开除他，让他陪我姐姐在家种地，每年的工资照发。

可以想得到，东牛的姐姐会哭着来求他，东牛的老母亲也会替姐夫来求情。东牛叹口气，说，你看看我过的什么日子，甲方的人压我，质检的人卡我，材料商骗我，街头的流氓地痞敲诈我，连我的亲姐夫也偷我。我做老板实际上是做龟孙子。

东牛说，孙霞，你为什么要告诉我？你这样可是坏了江湖上的规矩。

孙霞说，在我心里你比江湖重要。

东牛说，你卖了他，你就不怕我打电话告诉他，把你也卖了。

孙霞说，我才不怕，当着面你也可以告诉他是我告的密，你愿意卖了我，只能说明我贱，只配被出卖。

孙霞接了个电话先走，她换上自己的衣服，将浴袍丢给东牛。孙霞将院门关上的声音传来，东牛低头嗅了嗅那浴袍，隐约是孙霞的味道。东牛换上它，两手揣在口袋里在屋子走了几个来回，感觉特好。他定定神，打开手机，拨通了姐夫的电话。

"东总……"

东牛听到这熟悉的声音，喉咙一阻，憋久了的喉咙一串声干呕。

"没有声音，这电话怎么这样鬼怪。"

东牛将手机盖合上，猛然一掷，手机在地板上四分五裂，东牛干呕了一声，泪水涌出眼眶。东牛对着屋顶问，老天啊，这世界我还能相信谁？

红　卫

这天是质检站来红卫工地验收的日子，是个好日子，是孙霞独立门户自己的建材公司开业庆典的日子。说起来也怪，多少女人在红卫身子底下打过滚，说分手就分手，哭也罢，闹也罢，把百元红钞票当毕业证领了就拜拜，只是孙霞这女人他没想过撒手。这女人做事有股倔劲儿，做生意是咬定青山不放松，说做大就做大了。做公司不同于做业务员，得有一笔大额资金撑着周转，得有钢铁厂让你先拉货后付款，建筑公司的货款不好讨，甲方拖欠建筑商，建筑商拖欠供货商，供货商没有银行和厂方做后台，往往就只有死路一条。红卫说，要不，我参股。孙霞说，不，床上床下两回事，床下你是你，我是我，说不定哪天我在导师这里就毕业了呢。

话里有话，这女人给红卫的感觉总是若即若离，从来只有红卫炒女人的鱿鱼，莫非他红卫有一天也会被女人炒一回鱿鱼，红卫还真的不相信。

今天是个好日子，下午质检站的人共来了三个，都是老朋友，他带着他们上上下下转了个圈，老规矩，一人一只信封，今天的信封加厚，红卫说，不能陪领导吃饭了，今晚我的二嫂公司开业。领导说，得，这回弄了个小富婆，究竟是二嫂傍你，还是你傍二嫂，说说看是哪家公司。红卫一说是孙霞，三位齐笑，都从包中掏出一张请柬，在红卫眼前晃了几下。红卫说，我脑子进水了，建材公司哪家敢不把质检站当神敬着呢，不给三位发请柬，孙霞就不是孙霞了。容我晚宴上再补敬三位。

红卫抬脚跨进座车，看到脚脖子上露着肉，在楼上时不小心袜子被钢筋剐破了。按规定验收时得戴安全帽穿工作服，他把西装衣裤都扔在车上，顾不上换装先去银都商厦买袜子。他在柜台前转悠了一会儿，寻思买什么牌子，营业员不高兴了，看他一身穿着，说，去别处吧，这里最便宜的也要一百多元。红卫恼了，说最贵的是多少，答三百八。红卫说那省得我挑了，三百八的你柜子里有多少我全买了。营业员晓得看走眼了，诺诺应着说，六七十双。那就买七十双。营业员悉数拿出来，也只有六十九双。红卫说，不行，得买七十双，少一双不行，你去别的店里给我调货。营业员一迭声地赔礼道歉，红卫说，今天老子心情好，不跟你计较。把六十九双袜子打成一捆买走了。

孙霞排场拉得大，大厅里摆了几十桌，主持人是市电视台的两位男女主持，一人捉一只话筒立着，舞台的左边坐着一支乐队，男穿燕尾服，女着拖地裙。舞台的右侧坐着一队小朋友，叽叽喳喳，是电视台荧屏艺术团的孩子。红卫探头看了一眼，一位小姐迎上来，请他在来宾簿上签字。分明是为难人，笔是毛笔，墨是砚墨，红卫捉牢那支笔，深深浅浅画出自己大名，比男人画眉还难。师兄弟们还是坐在一桌，空着俩座位，老三当归说，就缺你了。红卫扫了一眼，说，大师兄不也没到？老三说，早来了，忙半天了。

红卫上洗手间时，碰上了大师兄东牛。大师兄埋头在研究一根柱子，那柱子被磕了巴掌大一块豁口，东牛用手在抠那豁口，东牛朝红卫摊开手掌，手心里只有几颗沙粒。东牛说，二十年了，还硬实得像块铁板呢。红卫想起来，这酒楼当年正是东牛盖的。东牛说，这柱子就是我一刀砂浆一块砖垒的，娘的，这酒店磕破了也不马上补一补。东牛拍拍那根柱子，像是拍着二十岁儿子的肩膀，说，结实着呢。红卫蹲坑出来，他还在打量着墙壁感慨。红卫说，老大，这里是厕所，不是姑娘的闺房，你还真舍不得走？桌上坐定，孙霞也过来招呼，红卫将椅子腿边的纸袋子往桌上一放，说，谁要谁挑，男的女的都有。孙霞说，红卫你这过分了吧，给小姐发票子，给我们发袜子，打发叫花子呢。红卫说了买袜子的缘由，大家齐说那营业员狗眼看人低，只孙霞说，你忙，忙着欺负一个营业员大妈。孙霞这是嫌他来得迟呢，红卫双手挑出几双白袜子，说这送给新鲜出炉的孙总，你就好穿白袜子。孙霞不领情，说，我的白袜子不用你送，没人送我掏钱买得起。俩人斗嘴玩，边上人都起哄助阵，乐队的音乐也凑热闹，潮水一般响起。只大师兄东牛微微笑着，端着几分做大哥的矜持。

孙霞话里的夹生，让红卫有了反思。这一阵忙，冷落了孙霞，连她公司开张的大事也只在电话中聊了聊，红卫打算陪几天孙霞。红卫还有一个工程项目在江城，江城距省城一小时的车程，虽说只是一个中等城市，对红卫而言却是一个自由天地。在省城，红卫不敢明目张胆地带女人招摇，比如说去那几家名店，不定就能撞上自己的老婆，或者遇上偕夫人消费的领导。领导不可怕，这年头人模狗样的人谁身边没个二嫂，但夫人可怕，下次上门送礼时她会讽刺挖苦一番，给你丢冷脸子，敲山震虎警告老公，你可别让他给带坏了，领导做贼心虚，说不定真的就疏远了。这世界是谁带坏谁？谁又能带坏谁？领导心里偷着乐，可你逢年过节免不了去上香拜佛，天下大奶是一家，你就等着挨夫人那些夹枪带棒的言语款待吧。江城没人认识红卫，江城是一片自由的天空，可以让红卫这只鸟儿自由飞翔。红卫打电话给孙霞，忙音，再打，通了无人接听。这刚当了经理还真的摆起谱了，红卫坚持不懈拨号，接了，只说了句现在不方便接电话，挂了。红卫骂了一声娘，对司机说，不去拉倒，走。

江城的工地上一切正常，红卫把材料员喊过来，问钢材进货的情况，材料员说，没换商家，还是进的孙经理的货。红卫进了材料库，一一打量那些螺纹钢和线材，问：货是过地磅还是点根数的？材料员说，每次货到工地都已天黑，过地磅的磅房已经下班，只能点根数。红卫心里有了数，孙霞肯定是掐准了磅房下班时间来送货，钢材点根数是以理论重量计算，过磅是实际重量，这两者按标准允许有百分之三的误差，供货商从钢厂按磅重进货，到工地点根数计重，就多出了百分之三的利润，这是中间商惯用的花招。红卫问，抽样拉力试验和硬度试验合格吗？材料员说，合格，我送的样，递给他试验单。红卫看数据，达到了合同要求。看样子孙霞没用小厂的货糊弄他，大事上这女人不敢含糊。材料员见老板不吭声，说，下次我让他们过磅后再收货。

红卫心软，说，免了，只要把住质量关，小便宜就不计较了。谁叫我是泥瓦匠出身，不是做铁匠的呢。

材料员说，泥瓦匠咋了？

红卫说，泥瓦匠只能拌稀泥，沙子和水泥拌在一起哪能分得清，分清了这墙就得塌。铁匠的活分明，即使淬火也铁是铁水是水，那水只能化作水雾尽散。

红卫忍不住又拨打孙霞的电话，红卫说，来江城吧，我想你了。

孙霞说，不方便，我的车送去美容了。

红卫说，我叫司机来接你。

孙霞降低声音说，不方便来，今天身上见红了，来了白来。

红卫掐指算了算日子，说，你骗鬼去吧，那亲戚上门还早呢。手机手机不方便，车子车子不方便，最后说身子不方便。你是想提前毕业不成？

孙霞说，敬爱的导师，你可不能撇下我。再说，你还是我的大客户，我的衣食父母。

红卫说，你知道就好，你只晓得把硬邦邦的东西给我，我就不能把硬邦邦的东西给你？这生意不公平了。

孙霞说，算了吧，我给你的货真价实，锰是锰，碳是碳，有硬度有拉力。你给我的全是回炉了千百回的废铁，也就比面疙瘩强一点。

调笑归调笑，孙霞就是不来江城。饭后，红卫一人躺在宾馆里，从未有过的孤独和寂寞像夜色一样涌进窗来，红卫这样的老板惧怕一个人的夜晚，他找到宾馆的歌舞厅，一个人要了一个包厢。妈咪领进一排小姐任他挑选，他说，谁姓孙？

小姐们相互看看，摇摇头。

红卫挥挥手说，走，都走。

妈咪换了一批小姐，红卫还是问，有谁姓孙？

这一回有五个女孩都举了手，妈咪一屁股坐到他腿上，说，大哥，你留下谁？

红卫手一挥，姓孙的都留下。妈咪乐滋滋走了，五位小姐都围住了红卫，红卫心里清楚，这场合的小姐哪里有真姓名，她们只姓一个"钱"字。红卫说，孙霞啊孙霞，死了张屠夫，也没人吃有毛猪，老子还真的有缺女人的日子？

红　卫

红卫想着治一治孙霞气焰的时候，自己倒先让老婆给治理了一回，拯救他的人不是别人，恰恰是孙霞。

那天早上，他一早出现在工地，工人们热情地向老板问早安，问过之后就诡异地笑。红卫知道他们笑什么，看来这次脸上的伤痕不轻，当时就觉得火辣辣的痛。红卫觉得窝心的是这次抓伤他的不是别人，是他明媒正娶的老婆。红卫常在朋友面前吹嘘，治家有方，外面彩旗飘飘，家中红旗永不倒。没想到这杆红旗终于揭竿而起，窝里反了。

按惯例红卫是半个月交一次"公粮"，平心而言红卫是一位恪尽义务的公民，在这个日子的前几天，红卫珍惜每一粒粮食，意志坚定，虽然没有敲锣打鼓，但红卫每次都表现出翻身农民不忘本的豪情。可没想到这一次阴沟里翻了船，问题出在他老婆瑜伽班的女同学身上，女同学之间除了交流学习经验之外时间一长免不了还切磋别的技艺，女同学说，像你老公这个年纪的男人当如狼似虎，却对公差如此懈怠，肯定是私藏公粮的贪污分子。红卫的老婆将信将疑，一帮女同学献计献策，红卫就成了一家私人侦探公司的跟踪目标。

老婆是个讲政策的人，坦白从宽，抗拒从严，可红卫也有过去检察院"协助调查"的经验，圈子里都流传着一句忠告，坦白从宽，监狱搬砖，抗拒从严，回家坐庄。何况现在法治社会，得以事实为依据，老婆指望红卫竹筒倒豆子什么都交代，这显然小看了红卫，红卫将一筒豆子在心里摇晃了半天，想不出究竟是哪一颗豆子滑倒了自己。最后还是老婆气急败坏地甩出一沓照片，才让红卫明白老婆揪住的是哪一条狐狸尾巴。

照片上的主角是他与一位女孩，或拥，或坐，或吻。背景是他的奔驰车、树林、宾馆富丽堂皇的门厅等。老人们说捉奸要成双，指的是现场，那狗日的侦探显然功亏一篑。红卫百般抵赖死不认账，老婆怒火中烧，使出九阴白骨爪，红卫捂着脸落败而逃。

临走时老婆的一句话追出门外，最多再过一个星期，我要将那婊子和你们的脏事调查个水落石出。红卫被逐出家门，想要找个地方安身，调出手机上那些女研究生的号码，都觉不妥。有的是住集体宿舍，有的已弃桃投李，想来想去只有孙霞可以投奔。红卫拨出孙霞的电话数字时，居然突发奇想，假如照片上不是那女孩而是孙霞，今天的场景又是上演怎样一出戏？电话拨通，孙霞说，半夜三更，孤男寡女诸多不便，还是另寻他处为妥。红卫气得差点砸了手机，婊子无情，看来说得没错。红卫没有兴致回工地宿舍看星星，只得找一家宾馆栖身。

红卫想不到孙霞居然中午还会来工地找他，红卫板着脸，说你找我什么事。孙霞说，看望伤员。你笑一笑，将脸上皮肤放松，别绷得伤口生痛。红卫坚决不笑，孙霞说，我刚从你家来，我妹子让我把你落下的包捎给你。不由得红卫不信，那皮包确实是红卫的黑色LV包，昨晚红卫抱头鼠窜时丢盔弃甲，只顾了脸孔没顾上包。拉开拉链，奇怪的是居然什么都没少，往常莫说打架，就是吵嘴，老婆也会从包中翻出人民币没收，有法可依，称之为精神损失费。可这次包中的人民币厚厚的还在，不知是福是祸。

孙霞说，我出来时侦探已打电话告诉了我妹子那女孩的地址，金銮大街112号鞋店。

红卫说，她想撒什么泼？

原来她老婆一早就向七大姨八大姑加上瑜伽班的同学们痛诉了血泪史，群情激愤，同仇敌忾，决定下午在瑜伽会馆集中后直捣鞋店，正义在大嫂之手，试看天下二嫂谁能敌？

情急之中，红卫脸上淌出黄豆大汗珠，渗进伤口，针戳一般疼痛。那一爿鞋店，是红卫作为导师送给女孩的毕业纪念品，开店的二十万是导师捐资相助。老婆看来是疯了，红卫说，完了，完了，这样一来明天我要成小报头条了，我他妈的要变成过街老鼠人人喊打了。他慌忙掏出手机，通知女孩紧急撤退。

孙霞拦住他，说不必了，我已将事情帮你搞定。你只需下午回家向我妹子赔礼道歉，做出深刻检查，表示痛改前非，就可云开日出，阳光灿烂。只是代价不菲。我将我妹子喊进卧室，打开你的衣橱，挑了半天，挑不到一件便宜的西装，只得选了一件范西哲标牌的，做什么？做教具用。我先剪豁了一个袋口，我妹子欲拦又罢，我说，妹子，缝缝补补遮上袋盖，这衣服还是可以穿下去的，我妹子点头。我又将你那西装的领子扯了半天，只扯断几根缝线，索性用剪子将领子剪烂，问我妹子这衣服是不是只能扔了，我妹子聪明人一下子就明白了。男人都是狗，逼急了要跳墙，跳出墙这家就散了，我妹子还不想散了这个家。

红卫一迭声说谢了谢了。一块石头落了地。

警报一解除，红卫伤疤没好就忘了痛，搂过孙霞求欢。孙霞说，你不要猴急，我打个电话，按下一串号码，通了，却不急，把电话递到红卫耳边，红卫说，谁啊，谁啊？

手机中传来红卫老婆的声音：我不听畜生叫唤。

电话挂了，孙霞看红卫一眼，将红卫搂在肩上的手拿了下来。孙霞说，我现在是你什么人？

红卫说，你是我的二嫂。我的女人我为什么不能碰？

孙霞说，错，我告诉你，我现在是你大嫂。

红卫嬉皮笑脸地说，大嫂是刚才打电话的那个。

孙霞说，我现在是你大师兄的女人。你大哥的女人你怎么能碰？

红卫脸色一下子变了，说，你是说东牛？

红卫心里想，怪不得不肯去江城呢，怪不得这不方便那不方便。红卫阴阳怪气说，好消息，祝贺你连升七级，从老八的二嫂上升到老大的二嫂，可以告诉我，你俩什么时候开始的吗？

孙霞十分坦荡，说，九月十一日。

红卫拿出手机，调出九月十一日的通话，正是他去江城的那天。红卫说，这还真是个纪念日，本·拉登让美国人记住了这日子，你孙霞也让我记住了这日子。就因为他比我做得大，钢材用量比我多？孙霞说，你错了，现在为止，他没进我一根钢筋，我跟他不是生意，是感情。

红卫大笑，笑得脸上的伤痕扭起了舞蹈，你爱他？你要把他带到天上去？

孙霞说，我要把他带到桃花源去。

红卫止了笑，说，我不管你想带他去桃花源还是梨花沟，那都是你痴人说梦。你了解我大师兄吗？有谁真正了解我大师兄？你孙霞也阅人无数，你怎么就为我大师兄动了情，你孙霞撇下我也罢，我让老大端了锅灶也罢，你必须先让我弄个明白。

孙霞说，其实哪天开始的我也说不清。我这样的人连自己也以为是行尸走肉心如止水了，触动我心思的是那一回。

那天，红卫接待甲方一个重要人物，饭后去夜总会包厢唱歌，红卫把东牛也喊了过来，孙霞也在场。每个男人身边都坐了一个夜总会的小姐，东牛有，红卫也有，孙霞习惯了这些男人的德行，盯着屏幕一首接一首唱歌。十二点一过，音乐忽然换成了急促的摇滚，小姐们仿佛接到了指令，孙霞知道下面是什么节目了，往常这时刻她会闭上眼睛扭过头去。可是今天，音乐刚起，就有人用大衣一把裹着她的脑袋，拥着她推门而出。此刻包厢里的一双双男人眼睛，都被小姐们一丝不挂的舞蹈所吸引，没人有眼睛注意这俩人静悄悄地撤退。孙霞依偎在那个男人温暖的怀里，泪流满面，孙霞知道这是大师兄，她此刻愿意一辈子藏在这件大衣的下面。东牛在走廊上将大衣挪开，孙霞脸上的泪水让东牛不知所措。孙霞说，大哥，只有你把孙霞当人，当作一个女人。孙霞泣不成声。

红卫说，不就给你披了一件大衣？

孙霞说，有的男人只知道给女人脱衣服，可有的男人懂得给女人穿衣服。

红卫说，老大是不沾风月场的女人，可你听说过这样一句话吗？十个男人九个嫖，剩下那个没长鸟。你真的那天和老大真刀实枪干了？我不信。

孙霞不说，红卫说，我来告诉你真实的老大。

东牛在十三岁时就替生产队放牛，与他一起放牛的是一位瘸子光棍，放牛其实也悠闲，牛在草坡上吃草，放牛人可以在草坡上晒太阳睡觉。那瘸子是个骚棍，草坡离村子有几里地，只一壮一少两个人，大大小小十几头牛。瘸光棍先是打起了东牛的主意，逼迫东牛为他手淫，东牛打不过他，就逃，在草坡上兜圈跑，瘸子追不上，可总有不提防的时候，瘸子常常从背后突袭他。东牛落下了呕吐的毛病，有一天忍无可忍，东牛揣上了家里的菜刀，可是那一天瘸子却没纠缠他。瘸子打上了一头母牛的主意。东牛从此再也不能见别人身上的毛发，甚至在夏天看见红卫茂盛的胸毛也要扭过脸去。

孙霞默然，红卫说，这事本来也过得去，他结婚后也迈过了这道坎，不是生了女儿吗？可是有一回陪甲方喝酒，把旧病根引发了。

那一顿酒席是工程决算审核，东牛的工程队起步不久，那时的东牛光头，但蓄着一把大胡子，模样凶狠，为的是吓唬来工地上敲诈的地痞。可在请客的酒席上，东牛的脸上只能是谄媚，东牛的胡子只能是绵羊的尾巴。对方了解东牛的酒量有限，故意逗引他。一杯酒，加一万，那时的一万块能做多少事呀，东牛连喝了十杯，整十万，然后就在卫生间醉了。红卫去扶他，他对着镜子哭，红卫，你看看，我的嘴巴变成了女人的穴了。红卫不知道利害，逗他，大师兄，还真是像哩。东牛不停地呕吐，脏物从胡子上一直挂到衣服上。回到宿舍，硬逼着红卫帮他把胡子剪光，从此再也不留胡子。回了一趟老家，回来后悄悄告诉红卫，完了，挨近女人那里就干呕，干不成事了。

孙霞将信将疑，东牛那天回屋时裆间分明雄赳赳气昂昂，说，红卫，你在编故事吧。

红卫说，再怎么样，我不能现在当你的面编派大师兄。按说我在你面前讲老大的隐私不厚道，可是他不尊在前，我无礼在后。

孙霞说，就算你说的是真，那也是天意。像三师兄当归说的，什么都有定数，是老天让我闭门思过。我妹子那边摆平了，从此以后你是我妹夫，咱们生意归生意，人情算人情。

红卫不甘心，说，你不让我碰，别的男人也不让碰？

孙霞说，哪怕我丢了生意关门，我也紧闭门户。否则，对你大师兄不起，对你也不公。

孙霞离去，红卫有几分自责，说到底，红卫不缺孙霞这一个女人，大师兄难得沾荤腥，正大光明说一声红卫也认，老话说女人如衣裳，兄弟同手足，大师兄待自己不薄，几次危难时都是他倾囊相助。手机短信铃响，是孙霞，孙霞写的是：妹夫，我妹子喊你回家吃晚饭。

红卫弄不懂孙霞这个女人，这女人让他沮丧又让他感激，红卫却没办法厌恶这个女人，毕竟是她帮他保住了大本营的红旗，说到底红卫是固城走出来的农民，家中那杆红旗永不倒江湖上他才有脸面。

东　牛

东牛星期天下午忙完别墅里的花草后，心里空空的，总觉得还有什么事没做，看看院子里草木都修剪一新，道路上也打扫干净，屋里该擦洗的已擦洗，该清扫的已清扫，找不出活了。东牛换上鞋，打算去爬玉屏山。自从那天认真打量了自己的身体后，东牛打算加强锻炼，捡回从前身上掉落的肌肉疙瘩。低头系鞋带，门外传来喇叭声，抬头看，是孙霞从门外的车上下来。

这车是东牛和孙霞一块去挑的，孙霞说只要是辆小车就行，东牛说，不，做公司不是做二嫂，要买就得买辆像样的。孙霞公司才起步，缺钱，东牛说我添上。孙霞说，不用你的钱，我自己想办法。我做一百个人的二嫂，就是不想做你的二嫂。

孙霞说，请问，老板需要丫鬟吗？

东牛说，对不起，我这里只缺天使。

东牛在门前拦腰抱住了孙霞，径直走进客厅，把她放到了沙发上。孙霞用双臂环住东牛，不让他离开。孙霞咬着他的耳朵说，哥，我脏，我想洗个澡。

东牛放好水，孙霞眨眼间已脱得精光，孙霞说，哥，抱我，我要你帮我洗这把澡。我不要毛巾，只要你的手，只有你能洗净我的身子，我做了几次梦，梦中你都嫌我的身子脏，转身走了。哥，今天你不要走。孙霞说，哥，你一定嫌我的身子脏，我没猜错。

东牛说，是天使就不脏，你一点都不脏，脏的是那些男人。

孙霞牵着东牛的手往下走，孙霞说，哥，你别闭眼，我知道你厌恶，可是，有山就有草木，有水就有水藻，有目就有眉，身体发肤取自父母，源于造化，有罪的不是它们，是糟践它的人。

孙霞说，你把它们洗干净了，我就真的是天使。

水到渠成，东牛做得云卷云舒。男人原来是把泥刀，长期不使，锈迹斑斑，倘若女人是个耐心的磨刀匠，那泥刀也能磨得铮亮，现出钢铁本色。东牛说，孙霞，你真的是天使，是我的天使。

一会儿就到了晚饭时辰，东牛说，我们去做饭。孙霞赖在床上不起，东牛说你不饿吗，孙霞说，饿，但想吃的不是晚饭。一伸手把东牛拽回床上。

孙霞从包中摸出一个橡皮大小的骰子，白质红点，精致如一件小玩具。孙霞说，我俩来投骰子，谁点数小谁从实先回答赢家的问题。

第一个问题是，你一天最多的做爱次数是多少，孙霞问，东牛先答。东牛眯着眼睛想了想，说，七次，新婚之夜。

孙霞说，七次？我可记牢了。

东牛说，该你答题了。

孙霞犹豫了一下，说，三次，和三个不同的客户，有两个是父子。

第二个问题是，你最想干的职业是什么，俩人异口同声，当银行行长，标准答案。

第三个问题是，你最内疚的一件事是哪件。东牛问，孙霞先答。

孙霞说，我第一回钻地磅。那次是给郊区一个村里送钢材，轮到我钻地磅。钻地磅，就是事前没人注意时先藏进磅房下面摆衡器的地下室里，地下室黑漆漆一片，不能开灯，开灯就会被人发现，我摸索着找到秤砣，等上面的信号，信号是在上面的钢板上顿三下脚，把秤砣往上抬，是增重，往下拽，是减重。实车过磅时上抬，空车过磅时下拽，我第一回钻地磅就成功地增出半吨钢材，沾沾自喜。可我到了村里一了解，才知道那是村里的老人集资修桥的钢材。我心里一点都高兴不起来。

东牛说，我最对不起的是桂花姐，说来话长。

瘸子死后，东牛打死也不肯放牛。爹娘无奈，送他到泥瓦匠杨师傅家拜师学徒。学徒三年辠，这句话的意思是学徒三年才能满师，这三年期间学徒的日子等于服苦役。那年头，师傅也是个体，有钱起房的人不多，东牛住在师傅家的杂屋，一个月回家背一次米，几乎是师傅家的一员。天没亮，东牛的第一件事是掏灶灰，俗称扒灰，就是把昨天的灶膛清理干净，然后挑水、烧饭，给师傅师母打好洗脸水。夜深，东牛最后一件事是洗完碗涮完锅后洗衣服，包括师母的短裤兜。白天东牛则是男劳力，侍弄师傅家的自留地。记忆中最难受的时刻是吃饭，吃饭的时候，徒弟不能上桌，只能立在一边侍候，一家人放了碗筷，徒弟才能添饭。任你食量大如牛，任你饥肠辘辘，你也只能吃一碗饭，乡谚曰，一碗书生两碗匠，三碗便是种田郎。泥瓦匠属于匠系列，按说可以吃两碗，但东生现在没出师，师母说就算是半个匠也只能吃一碗，其实是那年月粮食珍贵。

师傅严格，师母刁蛮，可东牛再苦再累也能忍，总比回青草坡放牛好百倍。幸亏有桂花姐，桂花姐心疼东牛，常常揣一块锅巴半个山芋塞给东牛。桂花姐大东牛三岁，恋上了省城知青陈新民，经常借东牛的小杂屋幽会，东牛立在门外替他们站岗放哨。陈新民对师傅师母发誓说要扎根农村一辈子，大会小会发言成了扎根典型，可返城后黄鹤一去杳无影。桂花姐不吃不喝床上躺了三天，三天后起了床却从此不再开口说一言半语。师傅唉声叹气，师母眼泪汪汪，陈新民当年喇叭吹得响如雷，十里八里都知道杨桂花要嫁给陈新民，没人肯上她家的门提亲。有一晚，师母蓦然回首，那人却在煤油灯火下，师母对东牛说，女大三，抱金砖。东牛看一眼垂着头的桂花姐，说那得看桂花姐愿不愿，桂花姐突然抬起头说，中，这是两年多来东牛听桂花姐从嘴里吐出的唯一一个字，这一个字一锤定音。

凭良心说，东牛从没嫌过桂花姐。结婚那个冬夜，东牛躺在桂花姐的怀里心满意足，对待桂花姐像对待她家的自留地一样勤勤恳恳，深耕细耨，不多久桂花姐就怀上了孩子。问题出在一个阳春三月，桂花姐在房里洗完澡，东牛推门遇上了凸着肚皮的老婆，东牛第一次在白天看见老婆的裸体。桂花姐说，你来听听你儿子在肚子里的声音，东牛矮下身子，阳光从木格窗户里照进来，老婆的肚皮如一只花皮大瓜，褐色的斑纹让他想起滑腻腻的牛蛙，他差一点要吐。孩子生下，他以为那丑恶的斑纹要褪去，留心注意了一次，却是风景依旧。东牛从此就对桂花的身子有了怯意。孙霞说，假，你不是让城里小姑娘细皮嫩肉的身子迷住了，就是还在陈新民的阴影里趴着，别蒙自己。东牛说，反正我跟她在一起就怕那事了。

东牛跟孙霞讲到这里时，说，你们读书人开口说感情，其实对我们这样的人来说，感情是奢侈品，是桌上的菜肴，床上那事儿才是饭。一个饿肚子的人首先想到的是白米饭，填饱了肚子才想到吃菜。可怜我一个男人，却让桂花姐这么多年吃不上一顿饱饭。

东牛说到这里，本来已答完问题。孙霞说，那个叫陈新民的人也应该在这座城市，你就再没遇见过？

遇见过。东牛说。

有一天，东牛的车在路口等红灯，东牛看见了一个熟悉的背影，是陈新民，东牛跳下车，陈新民坐在马路边的马扎上，地上摆着一沓沓报纸卖报。陈新民说，你要什么报？东牛说，你所有的报我都买下了，陈新民抬起头，打量着眼前脑肥体胖的东牛，说，你，你是不是东牛？

东牛拉了陈新民叙旧，酒桌上陈新民羞愧难当。陈新民返城后进了街道工厂，娶了单位的同事，几年前双双下岗，妻子忧郁成癌撒手而去，儿子总算争气，考上了大学。陈新民依靠卖报的收入勉强维持自己的生活和补贴儿子的学费。

你小孩是男是女？也快中学毕业了吧。

女娃，送到加拿大读高中了。

你岳父岳母身体还好吗？

好，能吃能喝，身体棒棒的。东牛心里说，那本来是你的岳父岳母。

东牛说，你为什么不问问桂花姐？

陈新民说，我还有什么脸问桂花，幸亏她福气好，跟了你，享不尽的荣华富贵。

东牛说，她跟了我过得并不好。我想求你一个事，你把这报摊收了，我送你二十万，你到固城去养螃蟹，赚了你自己的，亏了算我的。

固城有个固城湖，那里的螃蟹养殖业兴旺发达，名闻国内外，成就了不少大款富翁。陈新民不相信天上会掉馅饼，东牛说，我有一个条件，你要每个星期去看一趟桂花姐，我实话对你说，她至今心里都有你。

陈新民说，你不必诓我，你也像我当年生了猪狗心，想做陈世美，设一个圈套让她往里钻。

东牛说，我跟你不同，我除了是桂花姐的丈夫，还是桂花姐的弟。我给你三天时间考虑，这是我的名片，想通了你到我公司来取支票。

三天后陈新民带着东牛的支票去了固城。

孙霞说，哥，我没看错人，你人在花花世界，心眼没坏。

这一夜自然缠绵不已，天亮，孙霞要走，孙霞跷起两只脚丫，说，哥，先穿袜子。东牛打开柜屉，拿出一打白袜子，仔细帮孙霞穿上一双，将那一双脚搂进怀里不舍得放开，东牛说，这些白袜子一直在等着它们的天使。

东　牛

2006年的冬天省城下了一场大雪，不仅冰封了街道，也冰封了楼市。房价下跌，你别以为最倒霉的是开发商，开发商有的是法子，比如说将房子抵价给建筑商，你不要也得要，过了这个村就没这个店，他要是宣布破产要是卷款而逃，你啃他个卵蛋也寻不到影。房子拿在手里总比白条实在，当然你别指望开发商会把好房子作价给你，把那房子比作人，那些人尽是歪嘴斜眼缺胳膊少腿。建筑商拿的房子一时出不了手换不成钱，但工人要拿工资回家过年，材料商守在你办公室软泡硬磨逼款。政府三令五申，不准拖欠农民工工资，其实建筑商心里比谁都着急，你今年发不出工资，明年春上开工怕是鬼都不会上你的工地，你做老板的守着工地唱独角戏吧。所以电视上报纸上报道的要跳塔吊的要跳楼的，你细细分辨，倒有不少是施工队长包工头。

东牛这样的大公司当然不在此列，东牛的五个项目部只有一个是盖的开发公司的楼，东牛的日子好过，是因为东牛永远在银行存着一笔备用金，下棋的人走一步看三步是棋场高手，走一步看三步还留一手的东牛是为了进退自如，即使遇上危机也有备无患，为此也丧失了不少做大做强的机会。说到底东牛是个农民，小到田鼠，都知道要准备过冬的稻穗，大到伟人，也号召"深挖洞，广积粮"，东牛认这个道理。但红卫这小子东牛就不禁替他捏把汗了。

东牛先打一个电话给秋生，秋生说还行，年关过得去。东牛心里就有了数，秋生谨慎而且节俭，说过得去肯定过得滋润。秋生做的是高校的项目，校长教授们基本遵守合同上的白纸黑字。

东牛再打电话给红卫，红卫的手机关着，东牛觉得他形势不妙，打电话到他家里，家里电话拔了。东牛对司机说，打电话给小张，小张是红卫的驾驶员。司机与司机的关系常常跟着老板之间的关系走，老板们走得勤，司机们走得近。

红卫果然有麻烦，他有一半的工程项目在开发公司，那老总与红卫称兄道弟，吃喝嫖赌形影不离，可突然间人间蒸发，带着二嫂卷走几千万元无影无踪。红卫着了慌，材料商围追阻截，下面的工人人心惶惶，幸亏从前的一位研究生尚念旧情，借了一处空着的房子给躲债的导师。红卫藏身在一幢破旧的公寓楼。

东牛邀集了其他几个师弟去了红卫的避难处，红卫说，你们来这里做什么，我惦记从前的学生了，躲这里逍遥几天。

东牛说，你煮熟的鸭子嘴硬，都是你的师兄，你还硬撑着面子有什么劲。师兄们帮你把工人的工钱凑了个大概，一年苦到头，得让工人回家对老老小小有个交代。材料款先跟人家说说软话，拖过年再说，对了，孙霞跟我说，她的钢筋款不急着还。

东牛想起来，孙霞也有半个月不露面了，怕是去那些客户处蹲点催款了。

红卫一一将支票放进包中，又给师兄们一一打了借条。只要包里有了钱，哪怕只是支票，哪怕这支票是借来的，红卫就有了底气。红卫说，上饭店，我得感谢师兄们把我从潭底捞上了岸。这几天，天天方便面，肚子里寡得没油水了。

老三当归说，寡味的怕不是肚子，是那裆里的东西多日没沾荤腥了吧。

大伙一阵哄笑，气氛立即活跃了。红卫说，那玩意儿倒挺懂事，我一倒霉它就不闹了。

东牛高兴不起来，一帮师兄弟进城闯荡二三十年了，看起来人五人六，喊起来这总那总，其实还得仰人鼻息，只一点风浪就可能樯橹灰飞烟灭。看从前牛气烘烘的红卫，被一个开发商一脚蹬差一点就摔成了臭虫，穷则思变，得改变思路。

回去的路上，他打了一个电话给孙霞，说想你了，有事和你商议。

东 牛

孙霞来找东牛时东牛正在工地。这是个寒风刺骨的日子，天空中没有太阳，孙霞的两颊冻得通红，风将她的头发吹得乱纷纷。东牛有几分心疼，年前的日子也是建材商痛苦的日子，尤其今年这样的形势，孙霞的公司也有着二十多个业务员，业务做得不大也不算小。东牛迎上去，敞开大衣把她拥进怀中，孙霞说过这是她最幸福的温柔之乡。

孙霞探出脑袋说，你最近上网没有？

东牛说，没有，坐不下来，总有事拿着鞭子赶我。

孙霞说，最近网上追传关于建材公司一个业务员的帖子，说这个女孩染上了艾滋，结果防疫部门追查有关人员，检验出十几个建筑公司和开发公司老总都与她有染，其中有七位光荣中彩。

东牛说，你不会告诉我，那女业务员的名字是叫孙霞吧。

孙霞用她的小拳头狠狠捣了一下东牛的软肋，东牛像踩了弹簧一样跳了一下，孙霞说，我听说其中一位中彩的老总名叫东牛。

可是我真的替业务员们担心了，孙霞说，我让公司所有业务员都参加了体检，还好，基本没查出问题，只有几例性病。这

"潜规则"浮出水面也许是一件好事，我只是担心，这样一来，建材生意更难做了。

不做也罢，东牛说，我有一个想法，先和你合计合计。

东牛的想法是成立房地产开发公司，把几个师弟都拉进来做股东。东牛说，我做了调查，房价下跌，我们急，政府更急，省城这几年的财政收入卖地占了很大的盘子，政府不可能不救房市。这几次政府拍卖土地，不是流拍，就是以底价成交，这可是千载难逢的拿地时机。

孙霞说，钱从哪里来？搞开发可不是小数目。

东牛说，找银行，一是用我们的资产抵押贷款，二是申请商业贷款。成立了开发公司，我们兄弟的建筑公司就用不着再求爹爹拜奶奶接活儿了，为自己干。你也用不着业务员去色诱革命干部，你做材料部经理，二十几个业务员侍候我一人就行了。

孙霞说，行啊，只要你不怕把你小时候吮的奶水都呕出来。

东牛心里算的另一笔账没有说出来，建筑市场规范化，各市都成立了招标办，以前还可以暗中操作，依仗着固城搞建筑的兄弟多，大家帮衬着互相陪标，可现在政策出台，陪标也是犯法。白手起家的时候，东牛拎着一把泥刀进的城，脚上穿的是草鞋，可现在东牛是有产阶级，夏天东牛穿的是鞋，冬天东牛穿的是靴。再说现在甲方多采用低价中标原则，即使中标也只挣蝇头薄利。同样冒险，不如挣大钱，这是东牛心中拨拉的另一把算盘。

孙霞说，我听你的，只要开发公司成立，我的建材公司就收盘。

东牛把这想法跟师弟们说了，几个师弟都一呼百应。受惯了甲方气的师弟们都说早该想到这一步，改弦更张，扬眉吐气做甲方了。

接下来要做的事是搞定银行一位分管信贷的副行长，按惯例简称行长。东牛在省城经营几十年，自有不少上层关系。先有过硬的关系搭上线，接着是喝茶，喝茶，再喝茶，讨价，还价，再讨价还价，行长说，动不动就上桌喝酒上温泉泡澡，这是一种腐朽文化。直到双方达成共识，行长才答应去东郊宾馆赴宴。

在贷款协议签下之前，任何时候都可能前功尽弃。为这一顿晚宴，东牛他们反复研究，中途推翻了几套方案。红卫说，为示赤诚，大家都带上二嫂，至于行长有二嫂最好，没二嫂咱给他物色一个。秋生说，放屁，这事范围越小越好，二嫂毕竟不是大嫂，今天和你同床共枕，明天闹翻了就能把你卖了，再说他一个有身份的人，怎么肯轻易曝光二嫂。最后是孙霞拿出了一张礼仪公司广告名片，名片上写道：

本公司荟萃高学历高素质名模空姐，提供高档宴会
远程旅游等陪同服务，品质一流，如假包换。

孙霞说，就这么定了，行长的陪同人选我亲自去挑，在座的也沾光每人发一个，除东牛和我例外。师弟们哗声四起，纷纷为大师兄抱不平，东牛伸出手按下吵闹，说，有一条，晚宴上正事不谈，只言声色，与陪宴小姐不留名片不留电话，宴后各走各的路，以后遇见了也只能视作陌生人。老三说，老大是专对老八而定的规矩。东牛正色说，不，规矩面前人人平等。

那天东牛专门打电话让陈新民送来冬蟹。秋蟹一般熬不过寒

冬，只有少数钻入泥洞冬眠的才能逃过冬天这一关，吃冬蟹，须从泥洞中挖出，是固城待贵客的特产，即使宾馆的厨师见了也叹此物稀罕。陈新民看样子已创业有成，西装革履，俨然一水产业老板了。东牛回老家见桂花姐，从不提陈新民。东牛见到陈新民，也从不提桂花姐。陈新民这一回走时留下一句，兄弟，那钱等过了下一季蟹市我连本带息还你。东牛听出了端倪，心中忽喜忽悲。陈新民提出不要他的钱，不仅仅是腰包鼓了腰杆子才硬，该是有桂花姐在背后撑腰了。

　　东牛开车出门时没想到看见了桂花姐，桂花姐站在街边上和陈新民正亲亲热热说话。东牛停了车，心里五味杂陈，这女人站在老公的公司楼下，不进老公办公室的门，连公司的门也不肯进，寒风从东牛心里掠过。东牛说，大冷的天，你俩心里再热乎也冷哩，我送一阵。桂花姐冷笑一声，说，别装，这不正是依了你的心，合了你的意，中了你的如意算盘吗？东牛一踩油门，一阵风闪过他们。

　　陪宴小姐十分敬业，行长和东牛他们进包厢时，她们已到岗多时。

　　杂花生树，莺声燕语，姑娘们不仅一个个美丽绝伦，更兼久经酒场，推杯换盏之间风情万种。行长是个严肃的人，不论身边的美人施展出怎样手段，始终不苟言笑，最多举杯抿一口杯中酒。等到螃蟹上桌，才说了一句，这固城不仅出美女能人，也出佳珍奇味呀。古人说的蟹中上品"青背白肚、黄毛金爪"莫非就是说的固城螃蟹，众人齐声应和。孙霞开席以来一直心中惴惴，以为替行长挑选的姑娘不合他的胃口，见行长见了螃蟹兴致陡增，心中才松了一口气。行长举起一只蟹爪，仔细打量，赞叹不已，孙霞便取下自己盘中蟹腿递过来，说把我的腿也给你。行长说，我不仅要你的腿，我也要你的身子。一桌人大笑，孙霞红了脸，这省略了一个"蟹"字，行长所指就非蟹而人了。

东牛声色不露，行长是个精明人，几次喝过茶岂能看不出东牛和孙霞的关系，只是存心试探一番罢了。东牛环顾一桌的女子，那些姑娘尽管青春靓丽，挺拔苗条，可现在一个个在空调房间脱了冬袄，袒背露脐，倒衬出孙霞一身正装端庄娴静。东牛观察行长的吃相，他先吃螃蟹腿，螃蟹腿共有三节，他用最细的那一节，顶出中间一节的蟹肉，又用中间一节再顶出最粗那一节的蟹肉，一环套一环，三节蟹腿变成了一个俄罗斯套娃，推出的蟹肉完好无损，他一一重将蟹腿取出摆好，整个螃蟹吃完后腿壳齐整，无一处破碎，似乎触它一下，还能在桌上横行。

酒足饭饱，本安排了去歌厅唱歌，行长说，我难得喝酒，今天头晕了，想请孙总陪我上楼休息片刻。楼上是客房，孙霞瞅一眼东牛，东牛脸上不见深浅。孙霞说，领导，我扶您上楼，自有美女服侍好领导，我这样的半老徐娘已眼拙手笨，跟不上时代。

行长说，不，我不要别人，你放心，东总是个做大事业的人，意味深长看一眼东牛，刻意踉跄步出餐厅。孙霞看东牛，东牛木然，孙霞一咬牙，低头跟了上去。

行长进了房间，说，孙霞，你的包丢在下面，要不要请东牛替你送上来？

孙霞说，不，我自己去取。

孙霞取包，东牛送她到走廊，孙霞说，你现在决定还来得及，我还上不上楼？

东牛说，上。

孙霞甩手一耳光打上他的脸，东牛并不躲让，说，打够了上去不迟。孙霞一字一句说，东牛，想不到我在你眼中还是一个贱货，你终于还是把我卖了。

一会儿，孙霞又下楼回到席上，红卫已把服务员和陪酒小姐打发走。孙霞笑吟吟地对东牛说，我不会走，你把心放定，给我拿两个杯子。东牛不解，递给她两个空杯。孙霞抓过一瓶白酒，将杯子倒满，却不喝，对东牛说，再给我取冰块。冰块取来，她将冰块倒进另一只空杯。孙霞端起两只杯子，姗姗起步，回头说，我要为行长提供最佳服务，冰火浴。

东牛没作阻拦，秋生指着东牛说，老大，你猪狗不如。

红卫一拍桌子，说，狗日的行长欺人太甚。

东牛摆摆手，说，骂够了？都坐下，喝酒。

事毕，行长说，孙霞，我知道你是东牛的女人，俗话说，朋友妻，不可欺。可是我没办法，我非得把这不要脸不要皮的事做了。东牛他要是一个女人都不肯让我，我怎么敢把身家性命托付给他，我怎么能把我的后半生和他绑在一起共生死？

一桌人鸟兽散，师弟们要陪东牛，东牛说我自有去处，命司机把车开到工地。几个师弟心中明白，东牛是找地儿砌墙去了。高兴，东牛会捏住泥刀砌砖，难受，东牛也是捏住泥刀砌砖。一手掌砖，一手握泥刀，东牛才能平定波动的心境。

项目经理见老板的小车深夜光临，不知有何急事。东牛说，开搅拌机拌水泥砂浆，派几个泥工给我送砖递桶，我要砌墙。工程是三十层高楼，主体是钢筋水泥，现在的高楼除非楼层分隔才会砌砖墙，项目经理心中纳闷嘴上又不敢问。东牛去工具间拎出泥刀灰桶，在一堆红砖旁觅了一处空地站定，仰头看那夜空，星星闪烁，弯月朦胧。东牛叹一口气，摸起一块砖，手举泥刀"咔咔"斩成四截，开步走了十步，以十步为限，左转左转再左转，用断砖定了一个正方形的四角，砂浆和红砖已递过来，东牛弯腰埋头一气砌了起来。

泥工都是从床上叫起，天寒地冻，这样的时刻加班当然心生埋怨，可看到砌砖的是老板，大气也不敢喘。黄沙水泥中掺了水，稍一耽误就结成冰，泥工小心递上手套，东牛扔了，手上的皮肤被割得血肉模糊，东牛不觉得痛，埋头砌了一圈。东牛跳出矮墙，给孙霞拨了个电话，孙霞的手机已关机，东牛将手机随手一扔，月光下手机划出一条金属弧光飞进了搅拌机。

泥工说，还砌吗？

老板说，砌。

东牛一边砌，一边自说自话，东牛说，我二十岁进城时，我是一只蚂蚁，城里人鞋跟一踩，我就变成粉末。

东牛说，我二十五岁在城里时，我是一只公鸡，一只被阉了的公鸡。他们一根一根拔光我的羽毛，做成毽子踢来踢去。

东牛说，我三十岁在城里时，我是一头羊，他们薅下我身上的羊毛，做成羊毛衫羊毛被全家温暖。

东牛说，我四十岁在城里时，我觉得我是一头大象，我亮着我的象牙迈着象步无人敢阻挡。

东牛说，可我现在为什么在这座城市还是一头猪，一头只配在泥浊里粪堆上打滚的猪？

老板是疯了，墙砌得够不着了，他嘱咐泥工抬起一个空心柴油桶扔进墙内，几个泥工都在心里叫苦，这疯子看样子要砌到天亮了。他们一点没猜错，他砌的不是屋，没门，也没窗，四堵墙围得严严实实，黑咕隆咚的像是矗立的一座碉堡。泥工们递桶只能靠在外面架梯子。东方发白，老板说我累了，你们去歇吧，胆大的泥工说，老板您也去宿舍躺一会儿，东牛说，不，我就睡这里，我砌的这猪圈遮风。泥工们不解，天下哪家的猪圈砌这么高的墙？却不敢吭声。待泥工下了梯子，东牛站在油桶上手一扬把墙外的梯子掀了，外面的人听见他"扑通"一声跳下油桶，泥工们不敢劝，项目经理急急叫人扔进去几床棉被。

开发公司庆业大典时，市领导莅临现场，省市电视台都来了记者。董事长东牛西装革履，胸前佩一朵绽放的鲜花，神采飞扬，所有股东都容光焕发，排成一列欢迎来客，唯独缺了孙霞。

行长作为嘉宾莅临，握住东牛的手，说，我怎么不见孙总？

东牛说，我自那天一别，也再没见到她，电话关机，货款不来结账。莫非连行长也不知道她去了哪里？

红卫插言说，我知道，孙霞去了桃花村。

席间，行长向人打听，这桃花村究竟是何处。秋生说，桃花源只是一个传说，原是晋人陶渊明梦中的一个去处。行长受过高等教育，岂能不知桃花源。行长说，我问的是桃花村在哪里。

红卫说，行长日理万机，没有时间上网转悠，不知道桃花村，莫非没听说过医药代表？不知道医药代表，莫非也没听说过建材公司的业务经理？

后二者行长当然知道，这所城市无人不知，传说是性贿赂传染了艾滋数人。行长纳闷，这与桃花村何干？这与孙霞何干？

行长回家后打开电脑上网搜索，输进关键词：桃花村。真有一个桃花村，在省城西郊，是省艾滋疗治中心所在。行长何等智商，惊出一身冷汗，一夜噩梦，醒来才唤上当，梦中他在桃花村遇见了东牛，可东牛明明昨天晚餐时还和他推杯换盏。孙霞是东牛的二嫂，东牛不去桃花村，行长何忧？

《人民文学》2010年第4期